宮沢賢治の詩友
黄瀛《こうえい》の生涯

日本と中国　二つの祖国を生きて

佐藤竜一
Sato Ryuichi

コールサック社

宮沢賢治の詩友・黄瀛《こうえい》の生涯

——日本と中国　二つの祖国を生きて

目次

宮沢賢治の詩友・黄瀛《こうえい》の生涯

——日本と中国　二つの祖国を生きて

佐藤竜一

はじめに

童話作家・詩人として知られる宮沢賢治の友人に、黄瀛《こうえい》という人物がいる。中国人を父に、日本人を母に一九〇六年一〇月四日に重慶で生まれた黄瀛は、二〇〇五年七月三〇日に亡くなるまでその出自故に数奇な生涯を送った。

一九九六年八月二七日、宮沢賢治生誕百周年を記念して花巻を六七年ぶりに訪れた黄瀛は「いよよ弥栄ゆる　宮沢賢治」と題する講演で「皆さんの力で宮沢賢治はいよいよ世界的になるところです」と語っている。*1 中国でも近年、宮沢賢治作品の翻訳が進んでいるが、その種をまいたのは黄瀛であり、その存在を抜きに宮沢賢治作品の中国への浸透を語ることはできない。

黄瀛に関してはほとんど先行研究といえるものがない。私は一九九四年、初めての著書として『黄瀛――その詩と数奇な生涯』（日本地域社会研究所）を上梓した。同書は黄瀛に関する初めての評伝として一定の評価を得たが、後に検証に不十分な点があったと認識した。

第一は何応欽《かおうきん》と黄瀛の関係についての記述が不十分だった点である。黄瀛の生涯を考察する際に重要なファクターとなったのが、妹寧馨《ねいけい》が何応欽の姉の子・何紹周《かしょうしゅう》と婚約したことである。国民党の指導者として頭角を現してきた蒋介石《しょうかいせき》の側近として、何応欽の存在感が大きくなっていた時代である。一時東京帝国大学を目指したほど頭脳明晰《めいせき》だった黄瀛は陸軍士官学校へ進学し、卒業後は国民党で将校の道を歩み始めるが、まさに何応欽との関係が前半生を決定づけたといってよい。本書では何応欽の軌跡を詳細に追いながら、黄瀛の軌跡を検証した。

第二は日本語で詩を書いた点に関しての検証が不十分だった点である。幼い頃父を亡くし、母の故郷、千葉県八日市場で育った黄瀛は日本語で自我を形成し、日本語で詩を書くようになった。やがて、詩人としての才能を認められ、黄瀛は詩壇の寵児《ちょうじ》となったが、その詩的精神故に宮沢賢治、草野心平、高村光太郎といった日本の詩人たちの他、魯迅《ろじん》、田漢《でんかん》といった中国の作家たちとも交遊した。そうした詩的精神は日中戦争期に揺らいだものと推察されるが、一九四六年黄瀛は再び日本語で詩を書きはじめている。私は父親が中国人である故に黄瀛を中国の詩人ととらえていたが、むしろ日本の詩人としてとらえ直す必要があるのではないかと考えるに至った。なぜ、日本語で詩を書き続けたのか。詩人としての黄瀛について本書では考察を深めた。

そうした問題意識を根底にすえ、第一章「軍服を着た詩人」ではなぜ、黄瀛が詩を書き始めたのかを事実を丹念に追いながら考察した。幼い頃に父を亡くし、母の生まれ故郷である千葉県八日市場《ようかいちば》で自我を形成した黄は明るい性格で友人が多かったが、一方、父親が中国人のためいじめられることも多かったという。日本人の中国人に対する差別意識が芽生え始めた時代であり、そうした背景の中で黄は中国籍故に地元の中学に進学できないという悲哀を味わう。そうした屈折故によりどもりがちとなり、詩という表現手段を獲得することで自身を支えたという側面がある。そうした詩人として立つまでの経緯を検証した。

第二章「日中戦争勃発と日本との訣別《けつべつ》」では、日中戦争が勃発するまでの間、詩という表現手段を得たことで花開いた人間関係を考察した。草野心平、宮沢賢治、高村光太郎といった詩人仲間たちとの交流、進学した文化学院での奥野信太郎、与謝野晶子《よさのあきこ》、亀井文夫といった人々との出会いは豊かさをもたらしたが、一方、日中戦争の気配が濃厚になっていく中で、黄の苦悩は深まっていったと推察される。詩人として有名になってはいたが、詩を書いて生活できるわけではなく、軍人という進路を選択せざるを得なかった。黄は父の国＝中国、母の国＝日本の間でもがきながら生活した。中国と日本を行き来する生活の中で黄は魯迅と交流するが、国民党の将校という立場故に交流を断ち切らざるをえなかった。何応欽の姻戚《いんせき》となることで黄は国民党で出世したが、それ故に行動も制限された。その点について、検証を深めた。

第三章「日本の敗戦と国共内戦」では日本と訣別した黄が、日中戦争の終結により再び日本との関係が生じる過程を検証する。何応欽の部下として中国在留日本人の帰還業務などを担当した黄は草野心平と再会を果たしたほか、李香蘭《りこうらん》の帰国を助けるなどして日本との関係が復活する。蒋介石を中心とする国民党政府は中国に住んでいた日本人に対して寛大な処置で臨んだが、黄はその一翼を担った。戦争の勃発に伴い、詩作をやめていた黄は再び詩を書き始める。一方、国民党と共産党との間はやがて険悪となり、内戦が勃発する。そうした中で黄は日本軍参謀だった辻政信と出会っている。「中国語の下手な中国人」と、辻は黄について書いている。その言葉に私は、黄が日本語で詩を書き続けた秘密があると推察する。

第四章「半世紀ぶりの日本」では、共産党政権下の中国で黄がどういう生涯を送ったかをたどる。国民党の将校だった黄には辛い口々が続いたが、そうした日々を支えたのがかつて日本で友情を育んだ人々だった。日本の友人たちのおかげもあり黄は生き延びたが、一九六六年に起こった文化大革命により、再び獄中の人となった。一九七六年毛沢東《もうたくとう》が亡くなり、文化大革命が終焉《しゅうえん》を迎えると、やっと黄の生活に光が当たり始めた。鄧小平《とうしょうへい》の下で、開放政策へと中国は舵を切り、日本語に堪能な人材の育成が急務となり、黄が四川外語学院の教授に迎えられた。その後、第二詩集『瑞枝』の復刊、ほぼ半世紀ぶりの来日、宮沢賢治生誕百周年に招かれての来日と目まぐるしかったが、そうした日々を検証する。

第五章「黄瀛と私」では、私がなぜ黄にひかれ、伝記を書くに至ったかを記し、個人的な黄との関係を紹介する。

二〇一六年は、宮沢賢治は生誕一二〇周年を迎えるが、賢治より十歳年下の黄にとっては生誕一一〇周年である。そのことを記念して、私は宮沢賢治学会イーハトーブセンターの理事として「黄瀛展」を企画した。この機会に、再び詩人黄瀛に光が当たることを期待している。

第一章　軍服を着た詩人

第一節　詩壇の寵児

詩作を開始

黄瀛は一九〇六年一〇月四日、重慶に生まれた。父は黄澤民《こうたくみん》、母は太田喜智《おおたきち》といった。黄澤民は重慶の名門に生まれ、清代まであった官吏登用試験「科挙」の合格者「挙人《きょじん》」であった。青年時代に日本に留学し、嘉納治五郎《かのうじごろう》が開設した弘文学院で学んだ。[*2] その後、結婚した太田喜智（中国名：田恵君）を伴って、重慶に戻って来た。[*3]

喜智は千葉県八日市場《ようかいちば》にあった「釜与」という金物商の七男三女の長女として生まれた。喜智は小学校で二回飛越進級するほど成績優秀で、千葉女子師範学校卒業後に東京高等女子師範に進学した。卒業後八日市場小学校に就職したが、日露戦争が勃発した際に日清交換教授として四川省重慶に単身赴任した。やがて、嘉納治五郎の仲介で師範学校校長の黄澤民と結婚した。[*4] 喜智に関して、黄瀛は「母は、それがすごく傑物でね。やもめでずっと何十年も中国で仕事をしていて、その母に養われて、私と妹とは大きくなったんです。私に日本に行って、立派な人として将来中国に帰って黄家を再興してくれというんです」と述懐している。[*5]

太田喜智画像　高瀬博史提供

なお、喜智の妹・節子も東京帝大に留学していた余柄文《よへいぶん》という中国青年と結婚した。[*6] 姉妹そろって中国人と結婚したということで、一九〇九（明治四二）年には国賊呼ばわりされ、「釜与」に放火される始末だった。節子は第二次世界大戦後、余柄文の故郷である雲南省昆明で過ごし、文化大革命で夫妻共に処刑された。[*7]

秋山久紀夫によれば、黄澤民の家系は治平中学など私立中学を創設し経営している、名門の家系だった。治平中学からは、文学者の何其芳《かきほう》が卒業生として出ている。[*8] 喜智はその複雑な家庭で生活し、黄瀛と妹寧馨を生んだ。

黄澤民は黄瀛が三歳のときに亡くなったため、[*9] 喜智はしばらく中国各地を転々としたが、黄瀛は喜智とともに喜智の故郷である千葉県八日市場に移った。八歳の頃である。寧馨は黄家に残された。

翌年（大正三）年四月、黄瀛は八日市場尋常高等小学校に入学した。当初日本語には不自由したが、やがて意思疎通に不自由しなくなった。明るい性格で友人の多かった黄瀛だが、時には「アイの子」とからかわれることもあった。そんなとき、自分が混血であると意識させられた。[*10] 黄瀛は「日本に最初にきたのは、小学校に入る時です。それまで日本語は習いませんでしたが、十二月にきて翌年の四月に入学する時には、すっかり話せるようになっていました。入ったのは母の実家のある千葉の八日市場高等小学校の尋常科で、一年からずっと首席で通しました」と述懐している。[*11]

一八九四年に起こった日清戦争で日本は勝利した。以後中国は日本や欧米列強により半植民地状態となって行く。日本は江戸時代まで中国から文化を移入し、日本人は多くの物事を中国から学んできたが、日清戦争以後日本人には、中国及び中国人に対する優越意識が生じ、中国人に対する差別が顕在化してゆく。黄瀛はそんな時代背景の下で、日本での生活を続けたのである。

黄瀛は日本式の教育を受け、一年からずっと成績は優秀だった。そのために、地元の成東《なるとう》中学校に進学しようとしたが、許可されなかった。中国籍のためである。[*12]

やむなく、東京の正則《せいそく》中学校に入学した。やがて小学生の頃から始めていた詩作に励むようになった。正則中学二年のときに、府立一中の補欠試験があって受けようとしたが、中国人だからとここでも試験を受けさせてもらえなかった。中国国籍故に、進路がさえぎられることが相次いだ。喜智は黄瀛を伴って上京し、小学校教師として働き始めるが、やがて中国籍になっていたために職を追われ、中国に渡り、天津《てんしん》で日本向けの石炭販売業を営み、黄瀛に送金するようになった。[*13]

一九二三（大正一二）年夏、黄瀛は四年生の夏休みで一家は天津で過ごしていた。九月一日、日本では関東大震災が起こった。東京は大混乱となり、正則中学の授業はストップした。日本の学校はどこも似た状況で、大連の学校か青島《チンタオ》の学校か迷った末に、青島日本中学校に二学期から編入した。[*14]寄宿舎で一緒だった辻田栄治は「私の一年先輩（五回卒）に黄瀛さんが、四年の頃東京の正則中学から転校して来られ、流暢な東京弁で話し合った事を思い出す」と記している。[*15]

青島日本中学校は一九一七（大正六）年四月、青島中学校として創設された。

一九一四年一一月、青島を占領した日本軍は歩兵八大隊を基幹とする約七千人の青島守備軍を駐屯させていた。青島をはじめとする山東鉄道沿線、附属鉱山などの警備に当たらせるためだった。青島中学校は青島守備軍管轄下に置かれており、青島占領による日本人増加が創設の背景にあった。大正四年末の在留邦人数は三百余人にすぎなかったが、その後急増し、青島日本中学校開校の頃には二万人を超え、三年後の大正九年には二万四千五百人に達している。[*16] 同校は一九二三年には青島日本中学校と校名が変更され、青島守備軍管轄から青島居留民団立と移行しているが、これはいったん占領した青島を中国に返還したための処置である。青島の軍事拠点としての役割は大きく、日本人の多くは住み続けた。青島日本中学校は一九四五年、日本の敗戦まで存続した。黄瀛は五年の卒業まで在籍し、青島日本中学校の第五回生名簿に、その名が記されている。名簿によれば、同期の在籍判明者は六四人、卒業者は黄瀛を含め四四人だった。

同級生には後に作家となる、南條範夫《なんじょうのりお》（本名・古賀英正）がいた。古賀は卒業せず、四年で修了している。[*17] また、近所には後に鹿地亘《わたる》夫人となる池田幸子が住んでいた。池田の家は風呂屋を営んでいたと黄瀛は述懐している。[*18]

自分に中国の血が流れていることを黄瀛は、常に意識していた。他の日本人と同様に「君が代」を歌い、天皇の写真（御真影）を見ては敬礼したものの、成東中学校に中国籍故に入学できなかったことが、心の屈折をもたらした。その以前からどもるようになっていたが、どもりはなかなか治らなかった。自分は果たして日本人なのか、中国人なのか。思い悩むことが多くなった。詩作が日常となり、心の支えとなった。このことに関して、母喜智の弟、叔父の太田末松は「混血の二世というコンプレックスが自由詩に向かわせたのではないか」と指摘している。[*19]

黄瀛は青島日本中学校の寄宿舎で高村光太郎の『道程』、中川一政の『見なれざる人』などの詩集をむさぼり読み、詩作に励んだ。一日に二十篇ほど作ることもあった。言葉が次々とあふれ出てくるという感じである。匿名で地元紙の『青島日報』に寄稿したほか、日本の雑誌社への投稿も開始された。[*20]

詩壇の寵児《ちょうじ》

一九二三（大正一二）年、第一書房が発行していた詩誌『詩聖』（一九二三年三月号）に「早春登校」という詩が掲載され、詩人としての第一歩を生み出した。赤松月船《あかまつげっせん》、中野秀人らに詩人としての才能を認められたのである。同号には、草野心平の詩「無題（そこらここらに）」が掲載されており、二人の運命的な出会いをもたらした。

心平は一九〇三年福島県いわきに生まれた。中学校は慶応の普通部に進んだが、慶応には通わずに昼は正則英語学校、夜は善隣書院で中国語を学んだ。一九二一年に中国広州の嶺南《れいなん》大学へ留学。当時、心平は嶺南大学でたったひとりの日本人として学んでおり、黄瀛と同様詩の投稿青年だった。やがて、黄瀛から「一体あなたは日本人なのでしょうか中国人なのでしょうか」という手紙が心平に向けて出され、文通が開始された。[*21] ふたりの半世紀に及ぶ友情の始まりだった。

すでに記したように、日清戦争以後、日本人は中国に対して優越感を抱くようになった。中国は逸早く近代国家になった日本から学ぼうと多くの中国人が日本へと留学したが、逆に日本から中国へ留学する人は少なかった。日本が学ぼうとしたのは主に欧米からであり、中国軽視の風潮が浸透する中で勢い、中国への留学者はかなり限られていたのである。黄瀛にしてみれば、中国で学び詩を書いている心平が不思議な存在に思え、そのことで親近感を覚えたと推測される。[*22]

政治家・中野正剛の弟で、朝日新聞に勤めていた中野秀人は黄瀛の詩才を評価し、翌年には中野の手で、次々に黄瀛の詩が学芸欄に掲載された。「朝―Sに与える」、「秋」（一〇月一三日付）、「木」（一〇月三〇日付）、「にはとり」（一一月一四日付）といった具合である。心平もやはり朝日新聞に投稿しており、同年一一月八日付の学芸欄に「秋の朝」が掲載されている。中野は一八九八年生まれ、一九〇六年生まれの黄瀛、一九〇三年生まれの心平のよき兄貴分であり、庇護《ひご》者的な存在だったと推測できる。

翌一九二五年になると、詩人としての名声は決定的となる。詩壇の登竜門を突破したためである。

一九一七（大正六）年一一月、詩壇人の談話の会として詩話会が結成され、北原白秋、西条八十《やそ》、萩原朔太郎、室生犀星《むろうさいせい》など多くの詩人が結集した。一九二一（大正一〇）年一〇月には月刊の機関誌として『日本詩人』（新潮社刊）が発行されるようになり、全国の詩を愛する青年がこぞって投稿するようになった。一九二五年二月号は「第二新詩人号」と銘打たれており、選者（生田春月《いくたしゅんげつ》、川路柳虹、佐藤惣之助、白鳥省吾、千家元麿《せんけもとまろ》、多田不二、富田砕花《さいか》、萩原朔太郎、福田正夫、百田宗治《ももたそうじ》）がそれぞれ六編から九編の作品を選び、その作品を掲載したのである。黄瀛は千家元麿を選者に選んだが、「朝の展望」が第一席に選ばれた。さらに、第一席十篇での選考で第一位を獲得し、賞金二十円が黄瀛に送られたのである。『日本詩人』一九二五年二月号の巻頭を飾り中川一政にささげられた「朝の展望」の冒頭部分は、こうである。

見給へ
砲台の上の空がかつきり晴れて
この日曜の朝のいのりの鐘に

幾人も幾人も
ミツシヨンスクールの生徒が列をなして坂を上る
冬のはじめとは云い乍ら
胡藤《アカシヤ》の疎林に朝鮮烏が飛びまはり
町の保安隊が一人二人
ねぎと徳利と包みとをぶらさげて
丸い姿で胡藤の梢にかくれたり見えたり
あゝ朝は実に気持ちがいゝ

かねてから尊敬していた中川一政に捧げられたこの詩は、青島日本中学校の寄宿舎でガラス拭きをしながら目に入る風景を詩にしたものである。日曜日の朝の意気揚々とした気分が伝わってくる。黄瀛はこの作品で一躍詩壇の寵児となり、このことが高村光太郎、木下杢太郎ら当時を代表する詩人との交遊に発展するのである。

「朝の展望」が掲載された号には、後に親しく付き合うことになる岩手出身の栗木幸次郎[*23]、高樹寿之助（後の菊岡久利）らの作品が掲載されている。広島に住み、後に原爆に関する詩を書き続けた米田栄作の詩も同じ号に掲載されたが、米田は黄瀛の詩を読んだ感想を「混血の人があんな風に日本語を使うことにびっくりした」と語っている。[*24]

萩原朔太郎は同年一一月号『日本詩人』に掲載された「日本詩人九月号月旦」でこう評価している。[*25]

黄瀛君の詩は、第二詩人号で桂冠詩人に推選された時から、私の注意してゐるものである。黄君の情操は、気質的に軽快で明るく、それに貴公子風でもある。君は好い意味での気質的健康性を有している。

さらに、朔太郎は「黄君が日本語に好い耳を有してゐるのも、思ふに恐らく彼が外国人（支那人）のためであるだろう」と結論付けている。[*26]

日本式の教育を受けて来たとはいえ、黄瀛には半分中国人の血が混じっている。そのためか、幼い頃からどもりがちだったが、詩を作る上ではそれが幸いし、他の詩人にはまねのできない独特のリズムが醸し出された。

草野心平と『銅鑼』

草野心平との交友が深まるのは、黄瀛が日本に戻ってからである。詩人としての名声を得た黄瀛は、青島日本中学校を一九二五年三月に卒業した後、東京に出たいという気持ちが強くなる。母親と妹を説得して、東京に戻り、一高（東大教養部）を目指した。三月

文化学院本科２回生記念写真（1926年）。後ろから２列目、右から４番目が黄瀛、５番目が映画監督となった亀井文夫。最後列、右から３番目が与謝野晶子

二九、三〇、三一日に高等学校支那留学生入学試験を受験したが、結果は不合格だった。数学が苦手だったという。青島中学校校長の推薦状には、黄瀛は「性質、温厚、詩歌文学ニ多大ノ趣味ヲ有ス」、「母日本人ニシテ太田喜智ト称シ、天津ニ於ケル豪商ナリ」と記されている。推薦状は在青島の堀内総領事のものもあり、外務省からは黄瀛を不合格にしてしまった詫び状もある。[*27]

やむなく、黄瀛は翌年文化学院に入学した。

一九二一年に創立された文化学院は、黄瀛が入学する前年から男女共学制を実施していた。男女別学が普通だった当時の日本の学校としては、かなり異色な学校だった。なぜ文化学院に入学したかは詳らかでないが、保証人に高村光太郎がなっているから、あるいは光太郎の勧めがあったと推測できる。光太郎との初めての出

会いに関して、黄瀛は「私が中学を卒業して、あこがれの東京へ行った時、朝日に中野秀人さんを訪れ、駒込林町廿五番地のアトリエで高村さんと初めてお会いして、まるで昔からの知り合いのように待遇された」と述懐している。[*28]

その時のことを黄瀛は「三月十一日の夜」という詩に記している。[*29] 次のような詩である。

うすぐらい夕方に
彫刻家のアトリエは
その一面の窓は
まるでつらゝでもぶらさがるやうな北国の気分だ
僕は旅疲れした身体をそのアトリエにはこばせて
大へんしんみりした気分で詩の話や旅の話で
上京最初のこゝろよい夕方を迎へた
いくつもいくつも腕や首が散在してるその部屋で
あのひげだらけのT氏の話に渋茶をすゝり
その渋茶よりもどこか風味ある茶碗を愛し
僕もよく語つたT氏もよく語つた
どこか二人がもつ詩想が一致してるのか

寒い北国の感じがする一面の窓や
おもてを行く豆腐屋のラッパや
かべにたれさがる古い石刷《いしずり》の書や
僕はほんとに思ふ存分T氏やそのアトリエにしたしんで
上京最初の快適な夕べを喜んだ。

この詩からは、初対面で高村光太郎と意気投合し、楽しい気分になった黄瀛の気持ちが伝わって来る。

文化学院には与謝野晶子、川端康成、菊池寛、横光利一、木下杢太郎など当代を代表する文化人が講師として名を連ねており、黄瀛は自由な雰囲気の下で、それらの一流の講師陣や同級生と交遊した。

一九二五年四月、広州の嶺南大学に留学していた草野心平が発行責任者となり、詩誌『銅鑼《どら》』が創刊された。黄瀛は同人として名を連ねたが、他の同人は原理光雄、劉燧元《りゅうずいげん》、富田彰。原理光雄は黄瀛と同様、『日本詩人』の「第二詩人号」に詩が掲載されている。劉燧元は嶺南大学の同級生。冨田彰については、調べがつかなかった。同人五名、本文一八頁というささやかな出発である。

卒業を間近に控えた心平だが、中退を余儀なくされた。上海で起こった五・三〇事件の影響を受けたのだ。日本の紡績工場が中国に侵出しており、中国人労働者を大量に雇い入れて稼働していたが、その労働条件は劣悪であり、ストライキに発展することもあった。

日本人監督による中国人労働者の射殺に端を発した上海でのデモは広州など各地に飛び火し、日本製品のボイコット運動や日本人への排斥に発展した。その影響を受けた心平は、日本へ帰国せざるを得なくなったのである。[*30]

トランクをぶらさげた心平を東京で出迎えたのが、黄瀛だった。心平は事前に電報を打っていた。東京駅で二人は初めて対面し、電車には乗らずに神田の方へ歩いた。田澤画房に入ると、ブルーダニューブワルツが流れていた。[*31]

東京に戻ったとき三銭しか所持金がなかった心平を、黄瀛は自宅に招いた。約一か月にわたり、心平は黄瀛の家に居候した。麹町区飯田町二―五三、これが当時の一家の住所で、現在の番地では千代田区九段北一―一三、一四辺り。母喜智はここで中国人学生を相手に住み込みで働いていたと推測される。日本語やマナーを懇切丁寧に教えたという。下宿には黄瀛と同様四川省出身の学生が多く、友人が絶えず行き来していた。[*32]

すでに高村光太郎と知り合っていた黄瀛は、心平を誘って駒込のアトリエをたびたび訪れた。光太郎は頻繁に訪ねてくる黄瀛の詩才を高く評価しており、よくパリに留学していた頃の話をした。アトリエにはあまり若い人が来なかったせいか、かわいがられた。彫刻家としての才能にも秀でていた光太郎は、黄瀛をモデルに「黄瀛の首」を仕上げている。この件に関して黄瀛は、「彫刻家としての高村さんは仕事が遅く、一人の胸像を数年かけて造ることも珍しくはなかったが、なぜか私の顔は二、三カ月で完成した」と述懐している。[*33]

また、草野心平はこの件に関して、「黄瀛が高村さんのモデルになったのは、多分彼が十九歳の頃ではなかったかと思う。少くとも彼がまだ文化学院にも士官学校へも行かない前の受験生時代であったと記憶している。その頃の黄瀛はコール天のズボンに下駄履きノーネクタイ、丼型の偽パナマをかぶっていた。そして実に若々しく颯爽と下駄の音を高く響かせながら大股に歩いていた」と述懐している。[*34]「黄瀛の首」は土門拳により撮影されたが、現物は戦災で焼失した。[*35]

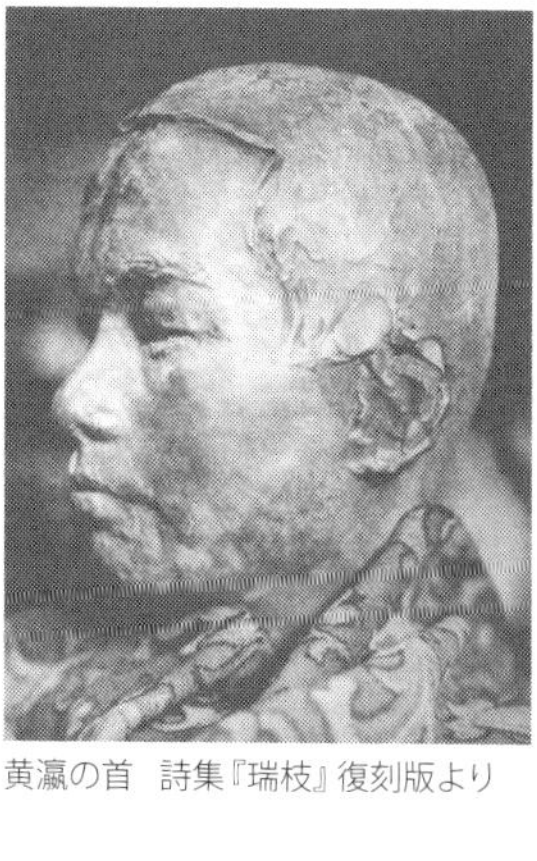

黄瀛の首　詩集『瑞枝』復刻版より

詩人としての知名度で一歩先んじていた黄瀛は、心平に「これはすばらしい、これは南方に咲く情熱の花？　不思議な力を持ち、清明な詩想の若者！　日本の生める民国の詩人！　若い文人・草野心平！　ああ日本の人達よ！　何故この南方の花の美はしさに陶酔しないのか？　君たち、日本の詩人！　こんなにも澄みさつた青い詩想、このやうなすなをなリズム――」とエールを送っている。[*36]

関谷祐規と黄瀛

この頃親しく付き合った詩人に関谷祐規がいる。関谷は銚子出身の詩人で、医学の道を進みながら、詩を書いた。銚子には国内で唯一黄瀛の詩碑が存在するが、その経緯については後で触れる。「銚子ニテ」の一部が刻まれているが、これは関谷と共に銚子に遊んだときのことを書いた詩である。関谷は国民党の将校となった黄瀛が共産党との戦いに敗れたあげく捕虜となり、苦しい生活が続いた時代に黄瀛を支えた人物のひとりである。ふたりは共に高村光太郎の家を訪問したりして、交際を深めた。

関谷は詩の同人誌『草』の主力メンバーだった。この雑誌は昭和二（一九二七）年一〇月に創刊し、八号まで出て昭和三年七月に終刊した。黄瀛はこの雑誌の主力メンバーのひとりで、他に高村光太郎、高橋新吉などが寄稿している。第三号（昭和三年一月発行）は「八木重吉追悼号」だったが、これは黄瀛が八木重吉と親しかったからで、黄瀛はこの号に「八木重吉を思ふ」という追悼文を寄せている。

関谷は谷祐のペンネームで「黄瀛の『交際』」という文章を書いているが、黄瀛は会いたい人がいると相手が未知の人でもすぐに会いに行く訪問魔、紹介魔であり、筆まめでもあった。関谷は黄瀛に紹介され、詩人で後に英文学者となった安藤一郎と友人になったという。関谷はこう書いている。[*37]

黄は酒をほとんど飲まなかった。まれに飲むことがあっても、ごく少量で参った。だから、同じ「交際」といっても「酒の席」は敬遠する風であった。それで、彼の「交際」の場は、おおむね喫茶店とか、当時流行しはじめた「茶房」とかであった。軽妙な諧謔《かいぎゃく》と悪意のない揶揄《やゆ》とが得手の彼の吃語（黄はドモリであった）は、めったに人をそらさなかった。

交際好きの黄瀛を記した文章である。交際相手は詩人や詩人のタマゴが多く、次に画家や画家のタマゴが多かったという。なお、安藤一郎と親しかった黄瀛は安藤の第一詩集『思想以前へ』に「安藤君と『思想以前』を読まれる方々へ」という文章を寄せている。[*38]
関谷が黄瀛に最後に会ったのは昭和一一（一九三六）年秋のことで、国民党将校として鳩を日本に買いに来た黄と銀座の料亭で飲んだという。それ以後二人は会うことがなかった。

宮沢賢治との出会い

広州に草野心平が住んでいた頃、磐城中学校の後輩・赤津周雄《ちかお》から一冊の詩集が送られてきた。宮沢賢治の『春と修羅』だった。宮沢賢治は一八九六年岩手県花巻生まれ、当時は岩手県立花巻農学校に教師として勤めながら、詩や童話を書いていた。一九二四年に『春と修羅』を自費出版するが、その一冊が心平に目に留まったのである。ほとんど無名の存在だった賢治だが、心平は詩集を読み、たちまちその才能に気が付いた。

一九二五年七月、東京に戻った心平は賢治に、『銅鑼』に参加しないかという勧誘の手紙を出した。賢治からはすぐに返事が来た。「わたくしは詩人として自信がありませんが、一個のサイエンティストとしては認めていただきたいと思います」とあった。同人としての参加を承諾したのである。一九二五年九月八日に発行された第四号の『銅鑼』編集後記には「『ドラ』を日本で始めて編集する」「現詩壇で最も卓抜な二つの個性――三好十郎、宮沢賢治両君が同人に加はつた」と記されている。[*39]

黄瀛も心平の勧めで『春と修羅』を読み、その才能に気が付いた。賢治は生前一度しか原稿料をもらったことはなく、詩人としても童話作家としても無名で生涯を閉じた。[*40]死後次第に文名はあがるが、心平や黄瀛の果たした役割は大きい。心平は「現在の詩壇に天才がゐるとしたなら、私はその名誉ある『天才』は宮沢賢治だと言ひたい。世界の一流詩人に伍しても彼は断然異常な光を放っている」と評した。[*41]現代において、賢治を天才と評価する人々は数多いが、一九二六年の時点でそう評価した人はいない。心平は逸早く賢治の才能に気付いたのである。

黄瀛にしても、一九七八年重慶の四川外語学院で日本語や日本文学を教える立場になった際に、「セロ弾きのゴーシュ」などの賢治作品を逸早く取り上げた。一九七九年四月四日に神奈川県から派遣されて四川外語学院に赴任した石川一成は黄瀛と宮沢賢治の作品など日本文学について熱心に語り合ったといい、「三十年間、先生が語りたくても語れなかった日本文学のことが、ここに堰を切って、奔騰《ほんとう》するように語りつづけられたのである」と述懐している。[*42]

以後、黄瀛の教え子から賢治の研究者が輩出するようになり、[*43] 中国での賢治研究に種をまいた功績は大きい。四川外語学院で黄瀛や石川一成に賢治作品の教えを受けた王敏は、この頃黄瀛から賢治の弟・清六を紹介されたという。[*44] 王敏はその後来日し、賢治の作品を中国語に翻訳した。心平や黄瀛は賢治の才能を逸早く見抜いた、いわば「才能の発見者」だった。

心平は賢治と生前会うことがなかったが、上京し『銅鑼』の同人となった賢治の詩友森荘《もりそう》已池《いち》から、人となりを聞いた。一九〇七年生まれの荘已池は賢治の盛岡中学校の後輩だったが、その頃すでに岩手詩人協会発行の詩誌『貌《かお》』の代表的な詩人だった。盛岡中学校卒業後上京し、東京外国語学校専修科（夜学）でロシア語を学んだ。同人になったのは、賢治の推薦である。

森荘已池の下宿は九段中坂にあり、黄瀛の下宿には歩いて二、三分の距離だった。当初心平に連れて行ってもらったが、次第に一人で出かけるようになり、黄瀛とよく話をした。話題はもっぱら賢治のことだった。心平と同様、黄瀛も賢治と文通したが、「黄瀛」という宛名を間違わずに、大きな字で書いてきたという。芸術的で、日本人とは思われない良い字を書いたと黄瀛は、荘已池に話している。[*45]

賢治は『銅鑼』第四号から同人となり、早速「永訣の朝」が掲載されている。詩壇のオルガナイザーとしての力量があった心平と出会うことで、賢治には詩の仲間が増えていったが、高村光太郎との縁もその産物である。逸早く詩壇で認められた黄瀛は心平を駒込のアトリエに連れて行き、紹介したが、光太郎はその縁で『銅鑼』に詩を発表するようになったと推測できる。

黄瀛や心平と同様に、賢治も詩人としての光太郎を尊敬していた。一九二六年一二月一八日ごろ、賢治は上京し、約束もなしに駒込のアトリエに光太郎を訪ねている。光太郎は賢治について黄瀛や心平から聞かされていたが、このたった一度の出会いは玄関での立ち話に終わっている。光太郎が賢治の才能に気付くのは賢治が亡くなってからのことで、光太郎は全集の装丁などを担当した。

光太郎は賢治について、「コスモスを持つ者は世界の何処の辺境に居ても常に地方的の存在から脱する。内にコスモスを持たない者はどんな文化の中心に居ても常に一地方的な存在として存在する。岩手県花巻の詩人宮沢賢治は稀に見る此のコスモスの所持者であった」と書いている。[*46]「コスモスの所持者」ということばは、賢治への最大級の賛辞である。

第二節　軍人への道――何応欽《かおうきん》と姻戚に

文化学院での日々

黄瀛が一九二六年に入学した文化学院は大正デモクラシーの潮流に乗り、西村伊作により大正一〇（一九二一）年四月に設立された学校である。西村は和歌山県出身の資産家で、油絵を描き、陶器を作り、建築設計を手掛けるという多彩な人物だった。かねてより自分の財産の一部を文化的な事業に使おうという考えがあったが、自分の娘が学齢に達したときぜひ行かせたいという入学先がなかったことから、詩人与謝野鉄幹・晶子夫妻、洋画家石井拍亭《はくてい》らの協力を得て文化学院を設立したのである。*47

文化学院は当時として画期的な男女共学を実現している。第二次世界大戦後にやっと義務教育の男女共学が実現したのを考慮すれば相当異色な学校であり、そのためにたびたび文部省の担当官が視察に来たという。文部省令に拠らない学校である文化学院では、与謝野鉄幹編集による独自の国語読本を用いていた。*48 四月二三日の開校式には中学部一回生として女生徒三三名が出席し、文化学院はスタートした。授業料は当時最高といわれた慶応義塾大学より高く、*49 年額一二〇円だったため、*50 良家の子女が多かった。与謝野鉄幹・晶子、菊池寛、川端康成など当時の芸術文化を代表する文化人が関わっており、全学年あわせてもせいぜい三百人ほどの生徒数で、およそ男子が四割、女子が六割の比率だった。

一九二五年に大学部が設置され、本科と美術科が置かれた。中学部は女子が主だったが、大学部は男子の方が多かった。[*51] 中学部は一九二七年女子部と改称し、女子のみとなった。[*52] 本科二回生として入学した黄瀛は、たちまち人気者となった。『日本詩人』で第一席を獲得し、保証人が高村光太郎ということもあり、黄瀛は著名な詩人として同級生に受け入れられたのである。入学時に与謝野晶子が面接したが、その際に「黄さん、あなた『日本詩人』で、第一席を頂いたのね」と話しかけられたと黄瀛は述懐している。[*53] 詩の朗読の時間、黄瀛はよくどもり、アクセントを間違えたが、それが逆に微妙な詩情を醸し出し、拍手喝采された。おしゃべりで何にでも興味を示す目立ちたがり屋だったと同級生は証言する。[*54] その頃はスポーツが日本社会に移入され、野球をやる人々が増えたが、黄瀛はテニスが好きでよく校庭でテニスをしたという。

後に評論家として活躍した戸川エマ、女優の長岡輝子など数多く友人ができたが、ドキュメンタリー監督として、「戦ふ兵隊」「日本の悲劇」「砂川の人々」など多くの作品を残した亀井文夫は、文化学院の同級生だった。黄瀛は文化学院時代に関して、「文化学院時代、わたしはあまりいい学生ではなかったらしい。併しこの学校に在学した故、数多い益友を知り、一生

文化学院野球チームの仲間と共に(1926年頃)。後列右端が黄瀛、2列目左端が亀井文夫

涯一番苦しい時から今の今まで色いろご厚意を受けたことは心から感謝しつづけている」と述懐している。[*55]

黄瀛と亀井文夫は一緒に住んだことがある。場所は外和田堀町和泉二四三、現在の京王線代田橋駅周辺である。『銅鑼』第九号（一九二六年一二月発行）に掲載された「妹への手紙（一）」に、「左記に転居した！　一軒家を借りた！　日本東京市外和田堀町二四三！」の記載がある。妹の寧馨が天津にある南開大学在学中で、母親の喜智と同居していることをこの詩は伝えている。

母の喜智は日本と中国をたびたび行き来しているが、このころは天津に住んでいた。九段の下宿を引き払い、亀井文夫、堀忠義（美術家二回生、後に画家）との三人での共同生活が始まった。一軒家の名は碧桃《へきとう》荘といい、財産家だった亀井文夫の父が借り受けたものだった。近くには竹久夢二が住んでいて、しばしば顔を合わせたという。

碧桃荘にちなみ、やがて同人詩誌『碧桃』が誕生したが、三人のほか、文化学院からは千頭清策（夭折）、本橋錦一（後に文藝春秋勤務）、外部からは詩人の菊岡《きくおか》久利《くり》、髙橋新吉、後に作家となった耕治人《こうはると》、美術史家となった宮川寅雄らが参加した。宮川は芝中学五年の時に、黄瀛と知り合ったと証言している。[*56]碧桃荘は梁山泊的な寄合生活で、多くの友人たちが訪ね、ずいぶんとのびやかな生活だったと同級生の金窪キミは回想している。[*57]食事をつくってもてなすのはもっぱら堀忠義の役目で、家にかかる費用は亀井の母親が支払っていた。黄瀛はいわば居候だが、そういった負い目は微塵も感じさせなかった。母や妹と離れた生活だったが、仲間たちとの交遊が孤独から解放してくれたと推測される。「妹への手紙（一）」からは、碧桃荘での楽しい生活が垣間見れる。

奥野信太郎と交遊

文化学院時代に、よき先生と巡り合えたことも黄瀛にとっては大きな収穫だった。当時学監（校長の補佐）の与謝野晶子が教鞭を執っていたほか、講師として豊島与志雄、芥川龍之介、菊池寛、木下杢太郎らが、特別講師として川端康成、横光利一、小林秀雄、新居格《にいいたる》、堀口大學、岡本かの子らが文化学院で教えていたのである。[*58] しかも、現在の大学にありがちなマスプロ教育ではない。個人的な人間関係を築くことができた。

その中でとりわけ親しかったのが、奥野信太郎である。中国について講じており、一八九九（明治三二）年生まれと、黄瀛と七歳しか違わない若さが親しみを増したと推測できる。慶応大学在学中に『三田文学』に文章を寄稿したのが縁で与謝野鉄幹・晶子夫妻の知遇を得、大学卒業後、母校の講師をしながら文化学院でも教えていた。当時二七歳だったが、老けていて四〇歳を過ぎているように見えたと黄瀛の同級生・金窪キミは述懐している。

黄瀛は奥野に関して、「当時の先生の中で、奥野信太郎先生は出欠をとる時、『さん』と『君』で男女別をはっきりさせ、わたしのところへ来ると、『黄さん』と呼んでくれたことも忘れられない。奥野さんとは以後ずい分したしくし、いくさの後も文通したりしたが、この二人おしゃべりは一度相会えば、それこそ滔々不絶《とうとうふぜつ》、一瀉千里《いっしゃせんり》、天南海角、語るべき多くして東京の巷《ちまた》の噂を超えては銀座裏の酒場へのしたり、コレは奥野さんの随筆集をひもとけばすぐわかることだ」と述懐している。*59 ふたりの関係が深まるのはむしろ、黄瀛が一年ほどで文化学院を中退してからで、ふたりは互いの家を行き来するほど親しい関係になる。

文化学院を中退し、陸軍士官学校へ

文化学院で楽しい日々を過ごした黄瀛だが、一年ほどで中退した。いつ中退したかははっきりせず、本科二回生（一九二九年卒業）の卒業生名簿にはその名が記されているくらいである。亀井文夫・堀忠義との碧桃荘での共同生活は半年ほどしか続かなかった。黄瀛は進路決定を迫られていた。一高（東大教養部）への進学をあきらめ文化学院に入学したものの、文化学院を卒業したところで明確な進路があるわけではない。詩壇の寵児となり、高村光太郎や木下杢太郎、与謝野晶子ら著名人と親しくなったが、詩を書いて生活できるわけではない。母親の喜智は息子の将来が不安でならなかった。混血のハンディがあるから、日本で生活して

黄瀛の送別会（1928 年上野精養軒にて）。前列右から 3 番目が黄瀛。

いくには多難である。喜智は迷った末、日中両政府の契約による官費留学生となるよう黄瀛に勧めた。

黄瀛は母親の忠告に従った。官費留学生は日本の官立学校で勉強するもので、厳格な試験により高等学校から帝国大学に進学するコースと、陸軍士官学校に進むコースがあった。黄瀛は試験に合格し、陸軍士官学校に進むコースを選んだ。[*60] 短歌で反戦詩を歌い、「君死に給ふことなかれ」で知られる学監の与謝野晶子は「黄さん、軍人はだめですよ」と反対したが、[*61] 黄瀛にとって女手一つで自分と妹を育ててくれた母親の言葉は絶対だった。当時の陸軍士官学校には中国人を受け入れる中国学生隊があった。台湾・玄海出版社が一九七五年に出版した『日本陸軍士官学校中華民国留学生名簿』によれば、黄瀛は第二〇期学生（一五二名）の一人である。一九二七（昭和二）年入校、一九二九（昭和四）年七月に卒業している。黄はやはり陸軍士官学校に入っていた金憲開（日本名：川島芳夫、川島芳子の弟で粛親王家の正嫡）と親しく付き合ったという。[*62]

何応欽と姻戚に

黄瀛が陸軍士官学校へと進路を決定した背景には当時の中国の事情も影響していた。軍閥割拠の時代が終わりを告げ、国民政府による全国統一のきざしが見えはじめていた。蔣介石《しょうかいせき》をリーダーとする国民党北伐軍が広東から揚子江に到達したときに、日本軍は青島や済南《さいなん》に約二千の軍隊を派遣、日本軍による中国への侵略が色濃くなっていた時期だったが（第二次山東出兵）、一九二八年六月国民党北伐軍が北京に入城している。

蔣介石は一八八七年浙江《せっこう》省生まれ。軍人を志し、一九〇八年に来日。東京の振武学校に留学した。卒業後は新潟高田第一三師団で士官候補生として訓練を受けた。中国に帰国後、国民党に入党したが、一九二二年の陳炯明《ちんけいめい》による叛乱鎮圧の際に孫文の信頼を得た。翌一九二三年、コミンテルン、ソ連、中国共産党と提携した孫文は革命軍を創設するための軍官学校を開設する計画を立てたが、蔣介石はソ連視察団「孫逸仙博士代表団」代表としてソ連を訪問し、ソ連赤軍の創設者・トロツキーなどに会って軍事について学んだ。

帰国後の一九二四年五月、中国国民党陸軍軍官学校（黄埔《こうほ》軍校）校長に就任し、次第に頭角を現わした。[*63] 一九二五年三月一二日に孫文が亡くなって以後、同年七月に国民党は孫文時代の大元帥《げんすい》統治の軍政府を解体し、国民党中央執行委員会が指導する国民政府＝広州国民政府を樹立したが、内部の権力闘争が激化、共産党寄りの廖仲愷《りょうちゅうがい》が暗殺され、もう一方の巨頭である胡漢民《こかんみん》がソ連に亡命した。最後に残った最大のライバル汪兆銘《おうちょうめい》は軍事力を持たず、病気療養のためフランスに出国した。ライバルを追い落とすことができた結果、蔣介石が国民党の実権を握ったのである。

蔣介石は国民革命軍総司令として北伐《ほくばつ》を開始し、広東から出発して長江流域の武漢《ぶかん》、南京、上海に進駐後、閻錫山《えんしゃくざん》、李宗仁《りそうじん》、馮玉祥《ふうぎょくしょう》の協力で一九二八年六月四日、北京の張作霖軍を破って、[64]六月一五日南京国民は正式に全国統一を宣言した。袁世凱《えんせいがい》による北京政府の樹立以来、中華民国は軍閥が支配していたが、以後国民党による南京政府の時代を迎えたのである。

当時の黄瀛は蒋介石に惹かれていたと推察される。孫文亡き後の軍閥割拠が続いていた中国を蒋介石はまとめようとしていた。ソ連に留学し、赤軍の組織原理を学んだ蒋介石は、黄埔軍校で軍人教育に従事、自己に忠実な兵士の育成に成功していた。日本の陸軍士官学校を出た中国の若者たちも次々に蒋介石の下に馳せ参じており、軍人として生きる道が拓けていたのである。

その上、妹の寧馨が何応欽の姉の子、何紹周と婚約していたことも大きな要因になったと推測できる。何応欽は一八九〇年貴州省生まれで、蒋介石より三歳年少である。一九〇八年に来日し、清朝が留学生のために日本陸軍士官学校の予備校として設立した振武学校で学んだ。このときに同期の蒋介石と知り合った。辛亥革命に蒋介石らと共に上海の役に参加、第二革命では江蘇陸軍第一師歩兵大隊長となる。[65]第二革命失敗後の一九一四年、日本の陸軍士官学校に入校している。

厚生省引揚げ援護局が作成した「陸軍士官学校　中華民国留学生名簿」（防研戦史部所蔵）によれば、何応欽は大正三年一二月に入校し、大正五年五月に卒業している。同期に入校したのは、他に一八人いた。

なお、陸軍士官学校へ入校したのは明治三三（一九〇〇）年一二月に入校した四〇名（三九名が卒業）が第一期生（陸士一三期相当）で、以後毎年のように中国人留学生を受け入れている。何応欽は第一一期の入校である。

一九一六年に帰国後、何応欽は蒋介石の下で、大本営軍事参議、黄埔軍官学校教練部主任などを務めて来た。一九二八年一月四日、蒋介石は南京に帰還し、正式に国民革命軍総司令の座に座ったが、その参謀総長が何応欽である。

一九〇八年に蒋介石と出会った何応欽はその配下として、順調に昇進し、国民党軍の№２の地位にあった。その何応欽の姻戚になることは、軍人としての将来が約束されたと同然である。

古来中国では、「良い人間は兵にならない」という言い伝えがあるが、黄瀛の目指すのは将校の道である。奥野信太郎は黄瀛から、家が袁世凱の遠縁に当たること、妹の婚約についても聞いている。[*66] 名門の一族で、そのことがもたらした良縁といってもよい。かねてより、黄瀛が中国に帰国し黄家の再興を期待していた母の喜智が、寧馨の婚姻に対し、奔走した結果と推測できる。

黄瀛は陸軍士官学校に入校したが、詩作は続けられた。軍服を着た詩人となったのである。

〈注〉

＊1　宮沢賢治学会イーハトーブセンター生誕百年祭委員会編『世界に拡がる宮沢賢治』（一九九七年、宮沢賢治学会イーハトーブセンター）第一分冊九頁。

＊2　嘉納治五郎は一八九六年から中国人留学生を預かっていたが、一九〇二年一月弘文学院を開設した（厳安生『日本留学精神史』、岩波書店、一九九一年、二二頁）。

＊3　「四川日報」一九九二年一一月一四日付、徐永恒執筆の記事による（古澤亜童『中国　花みるみる』、社会評論社、二〇〇四年、二二〇頁）。

＊4　北条常久『詩友　国境を越えて』（風濤社、二〇〇九年）一二〇頁。

＊5　内山籬・大里浩秋両氏による黄瀛へのインタビュー「回憶の中の日本人、そして魯迅」参照。

＊6　太田卓（黄瀛の従弟）の述懐によると、余柄文は官費留学生として来日、六高から東京帝大農学部に進学し、農業経済を学んだ（『詩人黄瀛　回想篇・研究篇』、五三頁）。

＊7　北条常久『詩友　国境を越えて』（風波社、二〇〇九年）一四一―一四二頁。

＊8　秋山久紀夫『交流と異境』（土曜美術社出版販売、一九九四年）一一二―一一三頁。

＊9　古澤亜童『中国　花みるみる』（社会評論社、二〇〇四年）二二一頁。

＊10　親しかった太田卓の述懐にそう記されている（『詩人黄瀛　回想篇・研究篇』、四七頁）。

＊11　前出「回憶の中の日本人、そして魯迅」参照。

＊12　当時は母親が日本人でも父親が外国人であれば、「外国人」として扱われた。一九八四年に国籍法が改正され、一九八五年以降の国籍の取り扱いが父系血統主義から父母両系主義に変更された。国籍が「中国人」とされたことで、黄瀛の生き方はかなり制限されたと推測される。

＊13　北条常久『詩友　国境を越えて』（風濤社、二〇〇九年）一二一頁。

＊14　前出「回憶の中の日本人、そして魯迅」参照。

＊15　青島日本中学校校史編集委員会『青島日本中学校校史』（西田書店、一九八九年）五〇八頁。

＊16　同右一七九頁。

＊17　青島日本中学校校史編集委員会『青島日本中学校校史』（西田書店、一九八九年）六一七頁。
＊18　前出「回憶の中の日本人、そして魯迅」参照。
＊19　広島放送が制作し、一九九一年一一月一六日に全国で放映された「詩人黄瀛さんを知っていますか」での発言。
＊20　前出「回憶の中の日本人、そして魯迅」参照。
＊21　草野心平『続私の中の流星群』（新潮社、一九七七年）二六頁。
＊22　草野心平が中国に留学した経緯については、草野心平『凸凹の道―対話による自伝―』（日本図書センター、一九九四年）で詳しく触れられているが、心平は留学で多くの中国人と親しくなっている。
＊23　栗木幸次郎との交際については、黄瀛が書いた「詩人交遊録」（『詩神』第六巻第九号、一九三〇年九月一日発行）で詳しく触れられている。
＊24　広島テレビが制作し、一九九一年一一月一六日に全国で放映された「詩人黄瀛さんを知っていますか」での発言。
＊25　『日本詩人』（一九二五年一一月号）七五頁。
＊26　同右七六頁。
＊27　これらの推薦状、詫び状は国立公文書館アジア歴史資料センターで閲覧できる。
＊28　黄瀛「高村さんの思い出」（『歴程』第八一号、一九六三年）一七八頁。
＊29　『詩と版画』第十一輯（詩と版画社、一九二五年五月）二三頁。
＊30　草野心平『凸凹の道――対話による自伝』（日本図書センター、一九九四年）一〇一―一一三頁。
＊31　草野心平『続私の中の流星群』（新潮社、一九七七年）二八頁。
＊32　同右。
＊33　日本経済新聞（二〇〇〇年一一月二日付）に黄瀛が寄稿した「詩人の友しのび追憶の旅」による。
＊34　草野心平『わが光太郎』（講談社、一九九〇年）三一〇頁。

*35 『歴程』の同人だった寺島珠雄の述懐によると、『歴程』の第八号（一九三九年九月）から第十号（一九四〇年一月）の三号にわたって「黄瀛の首」の写真が表紙に使用された。
*36 『日本詩人』（一九二六年九月号）参照。
*37 詩の同人誌『魚鱗』による。発行日は一九七八年頃と推測される。
*38 草野心平編『日本現代詩体系』第18巻（河出書房新社、一九七六年）に収録されている。
*39 伊藤信吉『逆流の中の歌』（泰流社、一九七七年）二三一頁。
*40 佐藤竜一『宮澤賢治　あるサラリーマンの生と死』（集英社、二〇〇八年）参照。
*41 草野心平は「三人」（一九二六年『詩神』8月号所収）で逸早く賢治の才能を評価した。
*42 『詩人黄瀛　回想篇・研究篇』（蒼土舎、一九八四年）七三頁。
*43 その頃の教え子に王敏（法政大学教授）などがいる。
*44 王敏『謝謝！宮沢賢治』（河出書房新社、一九九六年）三〇―三一頁。
*45 森荘已池『ふれあいの人々　宮澤賢治』（熊谷印刷出版部、一九八八年）一六七頁。
*46 宮沢家が費用の大半を出して賢治の死の翌年、昭和九（一九三四）年一月に刊行された『宮澤賢治追悼』に光太郎は「コスモスの所持者」という一文を寄稿し、賢治の才能を絶賛した。
*47 文化学院史編纂室『愛と叛逆――文化学院の五十年』（森重出版、一九七一年）二九頁、三六頁。
*48 同右九〇頁。
*49 同右八九頁。卜部亀美の述懐による。
*50 加藤百合『大正の夢の設計家』（朝日新聞、一九九〇年）一六六頁。
*51 文化学院史編纂室『愛と叛逆――文化学院の五十年』（森重出版、一九七一年）四六一頁。
*52 同右六〇四頁。
*53 黄瀛「重慶だより」（文化学院同窓会誌『おだまき草』所収、一九八七年）二九頁。
*54 文化学院時代の友人、金窪キミ、岡田美都子、田上千鶴子は一九九三年に私が行ったインタビューでそう証言した。

＊55　前出「重慶だより」（文化学院同窓会誌『おだまき草』所収、一九八七年）三〇頁。
＊56　詩集『瑞枝』復刻版付録（蒼土舎、一九八二年）一一頁。
＊57　金窪キミ『日本橋魚河岸と文化学院の思い出』（私家版、一九九二年）二五七―二五八頁。
＊58　川端康成は、菊池寛が文化学院文学部長に迎えられた縁で文化学院で教えるようになったと述懐している（文化学院史編纂室『愛と叛逆――文化学院の五十年』、三頁）。
＊59　前出「重慶だより」（文化学院同窓会誌『おだまき草』所収、一九八七年）三〇頁。
＊60　『詩人黄瀛　回想篇・研究篇』（蒼土舎、一九八四年）四八頁。
＊61　前出「回憶の中の日本人、そして魯迅」参照。
＊62　関谷祐規「黄瀛の『交際』」（『魚鱗』所収、一九七八年頃）の記載による。
＊63　横山宏章『中国砲艦『中山艦』の生涯』（汲古書院、二〇〇二年）一〇四頁。
＊64　横山宏章『中華民国』（中央公論社、一九九七年）七五頁。
＊65　菊池一隆『中国抗日軍事史　1937―1945』（有志舎、二〇〇九年）二三頁。
＊66　奥野信太郎「詩人黄瀛のこと」（奥野信太郎『藝文おりおり草』所収、平凡社、一九九二年）一二七頁。

第二章　日中戦争勃発と日本との訣別

第一節　詩人たちとの交遊

サトウハチローとの交遊

厚生省引揚げ援護局が作成した「陸軍士官学校　中華民国留学生名簿」（防研戦史部所蔵）によれば、黄瀛は第二〇期中華民国留学生として昭和二（一九二七）年一〇月に入校、昭和四年七月に卒業している。同期はほかに一五五名もいて、この数字は孫伝芳《そんでんほう》らが明治四〇（一九〇七）年一二月に入校した（卒業は翌年一一月）第六期の一九九名についで多い。日本の陸軍士官学校に学ぶことは、中華民国軍人のひとつのコースになっていたと推測される。

草野心平が創刊し、自身同人に参加した詩誌『銅鑼』をさきがけにしてさまざまな同人誌に詩を発表していた黄瀛は、陸軍士官学校に入学してからも詩作は衰えをみせず、詩を媒介にして多くの友人と知り合った。

中でも親しかったのは、サトウハチローである。「りんごの歌」「長崎の鐘」「小さい秋みつけた」など今でも多くの人々にサトウハチローの詞は愛唱されているが、黄瀛と知り合ったとき、ハチローはすでに名声を獲得していた。西条八十門下のひとりとして、『少年倶楽部』『コドモノクニ』などの雑誌で童謡の選者をしていたのである。

ふたりは『銅鑼』の同人であるとともに、赤松月船が主宰していた詩誌『朝』の同人でもあった。ハチローは一九二六年に詩集『爪色《つめいろ》の雨』を出版するが、その出版記念会に参加したことに触れた後で、黄瀛は「また、ある雨の一日、ハッちゃんの家で半日ばかりお酒の相手をしたことがある。その時菊田一夫君がハッちゃんのとこに居て、『オイ、キクダ！　タバコがないぞ』『酒がきれたぞ』少しもいやな顔をせず、ニキビ面の菊田君は傘をさして何度か外出してくれた」[*1]と回想している。「君の名は」で名声を博した菊田一夫の修業時代に黄瀛は会っているのである。なお、ハチローの代表的な詩集『おかあさん』を文化学院時代の友人岡田美都子から寄贈された黄瀛は、後年四川外語学院の教壇に立ったとき、日本文学の時間にその詩を紹介した。[*2]

詩誌『学校』に同人として参加

一九二三年九月一日に起こった関東大震災後により江戸色が一掃され、東京には新たな都市文化が発達した。とはいえ、治安維持法が一九二五年に成立し、中国侵略に向け軍国主義が強化される中で、大正デモクラシーの下で移入された思想に対する弾圧も強まった。

次第に小野十三郎などアナキズム系の詩人が参加するようになり政治色が強まっていた『銅鑼』だが、そうした時代背景もあり、草野心平は『銅鑼』を止め、前橋に移り住んだ。一九二五（大正一五）年四月に創刊された『銅鑼』は一九二八（昭和三）年六月、第一六号をもって終刊した。[*3]そこで新たな同人誌『学校』を同年一二月、創刊するのである。[*4]『銅鑼』からさらに、アナキズム色を強くした詩誌だった。伊藤信吉は「詩的アナキズムの回想――」と副題のついた『逆流の中の歌』で『学校』に拠った詩人たちについて紹介しているが、同人として参加した黄瀛に関しては、名前を記すに留まっている。[*5] 陸軍士官学校に入学し、詩を書いている黄瀛に対して、多少違和感を覚えていたと推測される。

黄瀛が詩壇の寵児となるきっかけをつくった『日本詩人』は一九二六（大正一五）年一一月号をもって終刊した。全国的な詩誌がなくなったことで、黄瀛のように詩人としていきなり名声を得るという道は閉ざされた。彗星のように詩壇に登場した黄瀛は、大正時代末期というロマンチシズムに富んだ時代の恩恵を受けていたのかもしれない。

一九二九年に編まれた『学校詩集』にはほかに、高村光太郎、小野十三郎、尾形亀之助、萩原恭次郎、尾崎喜八、森荘已池、木山捷平《きやましょうへい》など三七人の詩が収められている。[*6] 宮沢賢治の名が見いだせないのは、当時病床にあったためと推測される。その頃渋谷の喫茶店で黄瀛に会ったことがある小野十三郎は「日本が長期の大戦争に突入する前夜で、アナーキズムの思想運動に熱中していた私の観念先行型の詩に、黄君は異和感を持っていたようだったが、詩の言葉の問題の上では、喫茶店の語らいの中でも、『銅鑼』の仲間や、私たちがお互いに関心を持っている詩人たちの作風の理解では一致するところが多かった。黄君の詩の魅力は、私にとっては、同時代の他の詩人には見られなかった新鮮な言葉の行使の仕方であった。黄君が詩を書くときの言葉の異常な屈折はちょっとまねができないもので、私はそこに強く牽《ひ》かれていたのである」[*7] と冷静に分析している。

木山捷平との交遊

黄瀛は代田橋近くの碧桃荘での生活の後、母や妹と共に阿佐ヶ谷駅近くに住んでいた。その頃の様子については親しくしていた奥野信太郎が「かれの住んでいたところは阿佐ヶ谷の駅から北進して、中野電信隊のほうへ歩くこと五六分、烟草《たばこ》屋の角を右折すると、しばらくして金の湯という銭湯のあるつい先であった。かれは自分の家の標識として『金の湯の烟突・小宅のピアノ』と紙片に書きつけてくれたことがあった。なるほど一日中、間がな隙がなピアノの音の洩れる青やかな生垣の一構えが黄宅に相違なかった。いわゆる『小宅のピアノ』とは、これもやはり音楽を勉強するに余念のないかれのひとりの妹が弾いていたものである。美しい神経質な表情をした少女であった。当時陸軍大学に留学していた中国の青年将校某と、すでに定婚の間柄である由に聞いていた。黄宅の総人数は、黄瀛自身と妹と、そしてかれらの母親にあたる日本婦人のほかは女中一人のしずかな上品な暮しであった[*8]」と述懐している。

「中国の青年将校某」とは、何応欽の姉の子何紹周であり、家庭の事情をかなり奥野に黄瀛は伝えていた。

妹寧馨は当時国立音楽学校に通っていたが、当時寧馨にほのかな思いを寄せていたのが作家の木山捷平である。木山は明治三七（一九〇四）年岡山家生まれ。黄瀛より二歳年長である。ふたりが初めて会ったのは一九二五年ごろだが、親密になるのは木山が一九二九年に上京してからである。

木山は当時詩を書いていて、前述したように一九二九年に編まれた『学校詩集』に詩を発表している。上京後は大久保駅のすぐ近くに住んでおり、互いの家を行き来して交際を深めた。小説集『去年今年』に収められた「七月の情熱」は、黄瀛との交遊を小説化した作品である。一緒に銀座を歩いたり、アナキストとして名高い辻潤と一緒に飲む話が出てきたりして興味深いが、その中に初めて阿佐ヶ谷の黄宅を訪れたシーンが出てくる。「ごめん下さい」と引き戸を開けると、ピアノの音が止み、二階から寧馨が下りて来た。セーラー服を着て茶色のネクタイを結んでいて顔は丸顔、髪は断髪にしていたが、前髪をカールして、額にたれていた。色が白く気品があった。「黄君はいますか」というと、無言のまま中国語で二階の兄を呼んだ。やがて、二階から下りて来た黄瀛に、木山は文句をいった。寧馨が不愛想なのは、私のことを悪く言っているに違いないと思ったからだが、「中国の娘はお嫁に行くまで、よそのどこの男とも口を聞いてはいけないことになっている」という説明を聞いて、木山はがっかりした。という内容である。

黄瀛は一九三〇年五月、第一詩集『景星《けいせい》』を刊行する。部数が百部のささやかな出版だったが、出版記念会に参加した木山は、二次会で寧馨の婚約者=何紹周を紹介されている。何紹周は黄瀛と同様に四川省の出身、日本の陸軍士官学校に学んだだけあって、流暢《りゅうちょう》な日本語を話した、と木山は記している。*9

木山の目に映る黄瀛は、女性によくもてた。黄瀛自身好きになった日本人女性もいた。だが、日中の混血のために、日本人女性との交際を抑制しているように木山には思えたという。そういった黄瀛の心情は、「七月の情熱」という詩からも推測できる。一九二五（大正一四）年一〇月、赤松月船が主宰した詩誌『朝』に掲載されたもので、こういった内容である。

白いパラソルのかげから
私は美しい神戸のアヒノコを見た
すつきりした姿で
何だか露にぬれた百合の花のやうに
涙ぐましい処女を見た
父が――
母が――
その中に生れた美しいアヒノコの娘
そのアヒノコの美しさがかなしかつた

「そのアヒノコの美しさがかなしかつた」と書いている。その「かなしみ」は黄瀛自身のものでもあった。おそらく黄瀛は、父の国＝中国と、母の国＝日本とが戦火を交じえる日が来るかもしれないと予測し、日本人女性との交際を自ら封じ込んだと推測される。黄瀛は高村光太郎を追悼した「高村さんの思い出」に、「戦争は一切をミヂメにさせる。戦争のため私は非常に愛してた人との結婚をふりきった。人を幸いにさせることの出来ない境遇上この方法以外人を幸いにさせ得ない」*10と書いている。

井伏鱒二《いぶせますじ》との交遊

阿佐ヶ谷に移り住んでから、黄瀛は井伏鱒二ともよく行き来した。井伏は荻窪に住んでいて、黄瀛は何度か自宅を訪れている。当時詩を書いていた井伏は『文芸都市』の同人だったが、黄瀛は『文芸都市』に「幻聴とオレ」という詩を発表している（一九二九年六月）。井伏との縁でその詩が掲載されたと推測できる。

一九九一年一一月一六日、広島テレビ制作によるテレビ番組「詩人黄瀛さんを知っていますか」が日本テレビ系列で全国放映されたが、その番組の中で黄瀛は「井伏さんにはもっと長生きしてもらいたい。日本にも年寄りの作家がいないとかがみがなくなる」と語り、中国に来ないかと誘っている。その姿を見せられた井伏は、自分は外国に行くより阿佐ヶ谷で酒を飲んだり、将棋を指して暮らしたいといいつつ、「元気そうですね。会いたいなあ」と応じた。高齢のため、はっきりとは話せなくなっていた。黄瀛と井伏のふたりが再び会うことはなかった。

宮沢賢治を訪ねて

陸軍士官学校を一九二九年七月に卒業した黄瀛だが、その前月に行われた卒業旅行で北海道に行った帰り、一行は花巻温泉に立ち寄った。この際に、花巻に住む宮沢賢治と会うことができた。『銅鑼』の同人で、賢治の盛岡中学校（現盛岡第一高校）の後輩である森荘已池から賢治のことは伝え聞いており、文通もしていたが、会うのは初めてだった。

花巻温泉は一九二七年に株式会社となり、全国有数の観光地として知られていた。同年七月、東京日日・大阪毎日新聞社が主催した「日本新八景」人気投票で最高点を獲得している。卒業旅行先が賢治の住まいと目と鼻の先にあったことは幸運だった。黄瀛は総隊長の金子定一（盛岡中学校卒業）の許可を得て[*11]、旅行の合間に賢治を訪ねることにし、人力車を飛ばした。目的地に着くと、賢治の弟清六が応対した。

賢治は病床にあったが、黄瀛が訪ねて来たと聞くと起き上がり、一時間ばかり話をした。ふたりは文通をしており、お互いの才能を認めていたのですぐに打ち解けることができた。この際、冗談好きの賢治は黄瀛と会った際に、「お会いできてコウエイです」といったという[*12]。

一九三三年九月二一日に賢治は亡くなったが、その翌年草野心平が中心となり追悼集が編まれ、黄瀛は「南京より」という文章を寄せている。宗教の話を聞かされた後、「宮沢君の生理的に不健康な姿に正対して、私はそのあとで何を話したか覚えてゐない。彼のお父様からも、二冊の宗教に関するパンフレットをいたゞき、人力車にのつて花巻の停留所へかへつた。途中で、淡いぼんぼりをみた幼児の喜びと同じ幸福を感じ乍ら、この人の病気の回復を心中に念じ乍ら、私は妙にくらい気持ちも感じたのであつた」と「たった一度の出会い」について記している。

黄瀛は後年、四川外語学院の教壇に立ち、日本語や日本文学を教えるが、その際に真っ先に取り上げたのが賢治の作品だった。前述した通り黄瀛の下からは王敏（法政大学教授）など多くの後進が育ち、賢治作品の翻訳も積極的になされている。

軍用鳩の権威

一九二九年七月に陸軍士官学校を卒業した黄瀛だが、それから一年ほどは日本に配属されていた。中野にあった電信隊に配属されていたのである。詩を通しての交遊は続いていたし、文化学院時代の友人とも交際を続けていた。

中野電信隊で、黄瀛は軍用鳩の飼い方を覚える。ヨーロッパではかなり古くから軍用鳩が飼育されてきたが、日本の軍隊が鳩の研究に取り組み始めたのは日清戦争より少し前のことで、大正八（一九一九）年陸軍がフランスから多数の鳩を輸入するとともに、フランスから招聘したクレルカン中尉の下で本格的な訓練が始まった。[*13] 明治三〇（一八九七）年に創設された中野電信隊は日本における軍用鳩の一大拠点として機能した。昭和三（一九二八）年の山東出兵の際は四月一九日から一〇月二一日まで、鳩通信班が編成され、現地に派遣されている。[*14] 戦争では伝書鳩が秘密書類を運んでいたのである。中国へ帰国した後も、黄瀛は中野電信隊を訪れた。中国の軍隊でも軍用鳩を飼養することになり、種鳩を飼うために派遣されてきたのである。

南京からやって来た黄瀛と再会し、銀座のバーで旧交を温めた奥野信太郎はその点に関して「これより先、士官学校卒業後しばらくではあったけれども中野の電信隊に配属していたことのあるかれである。おそらくそのころからかれの胸裡には、やさしい鳩が巣籠っていたことであったろう。かれはわたくしの問に対して昂然と、自分はいまでは中国における軍用鳩の権威であるといい放ち、もっとも自分一人だから当然だと声に出して笑ったのであった。鳩の権威か、それに非ざるかは問題ではない。ただ黄瀛が鳩を愛撫するというだけで十分なのである。南京から詩を愛する中国の青年将校が、はるばる東京まで鳩を購求する役目をみずから買って出てきたというそのこと自身が、すでにいくばくかの詩情を湛えて、人の心に訴えるものあらしめる。いわんや黄を知るものが直接黄の口からその話を聞くことにおいてをや。わたくしをしてはなはだしく愉快ならしめたのはもちろんのことであった[*15]」と書いている。

第一詩集『景星』を出版後、南京へ

黄瀛は生前、二冊の詩集を発刊しているが、一九三〇（昭和四）年五月、第一詩集『景星』が発刊された。百部限定、ポケットサイズの小さな本（袖珍判《しゅうちんばん》）で題字は馬公武、僚友とあるから、軍人仲間と推測される。装丁・挿画は吉田雅子で文化学院時代は美術部に在籍しており、かつて黄瀛が好意を寄せていたとされる。[*16]父親は木彫家の吉田白嶺である。肖像画は詩友の栗木幸次郎、発行は田村栄だった。栗木幸次郎は岩手出身の詩人で、黄瀛と同時期に詩壇にデビューしたが、詩よりも絵に関心を抱くようになり、その頃はデザイナーとして活躍していた。栗木は一九二六年頃、黄瀛に連れられ、何度か高村光太郎を訪ねている。第二次世界大戦後は岩手に戻り、岩手日報社に勤務した。[*17]田村栄はアナキズム系の詩人で、翌一九三一年、反戦詩が原因で詩人・伊藤和とともに逮捕され（『馬』事件）、懲役二年の刑を受けた。

一九二八年の治安維持法改悪（死刑・無期刑の追加）により、思想運動・労働運動の取り締まりが強化されはじめ、取り締まり機関として特別高等警察（特高）が新設された時代である。この頃金窪キミは黄瀛に会っているが、「あとで特高が調べに来るかも知れないが、友達だと本当のことを言って下さい」と黄瀛が語ったという。[*18]

翌一九三一年初頭、黄瀛は日本を離れた。南京で軍務に就くためだ。文化学院時代の友人・岡田美都子にはその日の記憶がある。東京駅から電話がかかってきて、元気な声で「軍の用事でたびたび来ますから、また伺います。さようなら」と語る黄瀛に、「再見」と中国語で返すと「いい発音！」と笑い声で電話を切ったという。[*19]

佐伯郁郎との交遊

この頃知り合った詩人に佐伯郁郎《いくろう》がいる。佐伯は一九〇一年一月岩手県江刺郡人首村（現奥州市）に生まれた。本名は慎一である。早稲田大学文学部仏文科を卒業した佐伯は白鳥省吾、中山義秀などともに農民文学運動に積極的に参加したが、大正一五（一九二六）年一一月、内務省警保局図書課に就職した。

佐伯が黄瀛と知り合うのは、昭和六（一九三一）年のことである。[*20] 同年二月、佐伯は新進詩人の会「十日会」のメンバーを通じて、黄瀛、村野四郎、栗木幸次郎らと知り合うのである。同年五月、佐伯は第一詩集『北の貌』を発刊し、詩人としての地歩を固めた。

同年九月、佐伯は草野心平が営んでいた焼き鳥屋「いわき」に詩人仲間と通い詰めるようになるが、この場でも黄瀛と交流したと推測される。

佐伯郁郎は平成四（一九九二）年に亡くなるが、現在生家には甥の佐伯研二により「人首文庫」が開設されている。佐伯が収集した第二次世界大戦以前に日本で出版された詩集、佐伯に宛てた文学者からの手紙など、貴重な資料が収められている。[*21]

第二詩集『瑞枝』の発刊

日本を去ってから、黄瀛はせっせと友人たちに手紙を書き送った。元々筆まめな性格だった。一九三三年一〇月四日付で、木山捷平には、結婚披露宴の招待状が届いた。南京の中央飯店で王蔚霞という女性と結婚するという内容だったが、遠くのため出席できなかった。この手紙を最後に、木山との文通は途絶えた。[*22]

この頃には日中関係はかなり悪化していた。一九三一年九月一八日には満州事変が勃発、翌一九三二年一月二八日には第一次上海事変が勃発している。蒋介石は一月二九日の日記に「政府を移転して日本との長期作戦を行なう決意をする」と記している。国民政府が首都を一時南京から洛陽に移転させ、国家防衛のための最高戦争指導機関として軍事委員会を発足させたのはそういった危機意識によるものである。

蒋介石は日本との国防戦争を想定して全国を四つの防衛区、すなわち第一防衛区（黄河以北）、第二防衛区（黄河以南、長江以北）、第三防衛区（長江以南、浙江・福建両省）、第四防衛区（広西・広東両省）に区分して責任者を決定した。[*23] 第三防衛区の責任者は何応欽で、黄瀛はその周辺にいたと推測される。黄瀛は日本との戦争も覚悟していたと推測され、日本人との交遊を抑制したと推測される。

翌一九三四（昭和九）年五月、第二詩集『瑞枝』が東京のボン書店より刊行された。ポケットサイズの袖珍本である第一詩集『景星』とは異なり、A五判上製で箱入りという豪華な体裁だった。定価は一円八〇銭。当時としてはずいぶんと高価だ。四〇〇部発行されている。表紙木版は畦地《あぜち》梅太郎が担当した。[*24]

発行人鳥羽茂については、内堀弘の『ボン書店の幻』（白地社、後にちくま文庫）の中で詳細に紹介されているが、黄瀛との関係ははっきりしない。内堀は、鳥羽茂がかつて英文学者で詩人の安藤一郎や菊田一夫らの詩誌『花畑』を出していたことから、黄瀛と親しかった安藤が仲介したのではないかと推測する。[*25]黄瀛は安藤一郎の第一詩集『思想以前』に、序文を書いている。あるいは、やはり黄瀛と親しかった竹中郁が仲介した可能性もある。ボン書店が最初に出した詩集が竹中郁の『一匙《ひとさじ》の雲』（一九三二年）であるためだ。いずれにしろ、黄瀛は南京におり、費用面を含め友人たちがこの詩集の出版に関して援助したと推測される。なお、一九八二年に草野心平ら友人たちの尽力もあり、『瑞枝』の復刻版が蒼土舎より発行され、別冊として『詩人黄瀛　回想篇・研究篇』が発行されたが、鳥羽茂について触れられることはなかった。

現在と同様詩集はほとんどが自費出版だが、著者が費用を出すのは印刷代などの材料費程度だ。売れなければ発行人が困る。詩集を出すには、採算を超えた志が必要だが、鳥羽茂はその意味では志がある出版人だった。発行は予定より遅れたが、『瑞枝』には相当力が入っている。発行間際（一九三四年三月）『文芸汎論』に掲載された広告では、「黄瀛の全集的詩集。何分大部のもので、それに私の気に入らぬ個所は何度でもやり直しをさせますので、予定より大分遅れましたが、只今製本中ですから間もなく出来いたします」と予告している。[*26]

黄瀛は南京にいて、なかなか詩集が刊行されないことに苛立ちを覚えていたと推測され、『詩人時代』（一九三三年一二月）には、「詩集『瑞枝』が早く刊行されることを事毎に考へてゐる。（中略）これは東京の鳥羽茂君の何とか書房から出るのだが、出版責任者の鳥羽茂があまり詩人で、僕があまり遠くにゐるので、この『瑞枝』も難産を習慣とした母胎のやうにあぶないものだ――」と書いている。[*27]

『瑞枝』が本当に刊行されたことで、黄瀛は安堵したに違いない。高村光太郎の序文、木下杢太郎の序詩が巻頭を飾っており、詩人としての地位を確固たるものとする内容だった。高村光太郎は「つつましいといへばつつましいし、のんでゐるといへばのんでゐる。黄秀才は少しどもりながら、最大級を交へぬあたりまへの言葉でどこまで桁はづれの話をするか知れない。黄秀才の体内にある尺度は竹や金属で出来てゐない。尺度の無数の目盛からは絶えず小さな泡のやうなものが体外に向つて立ちのぼる。泡のはぢけるところに黄秀才の技術的コントロオルが我にもあらず潜入する。まことに無意識哲学の裏書みたいだ」と書いた。また、木下杢太郎からは「まるで考へられないことだ、こんなにも美しい詩の数数が　言語を珠にするあなたの指先から咲き出でようとは」と最大級の賛辞が寄せられた。

第二節　魯迅との出会い、別れ

中国の詩人を日本に紹介

黄瀛は日本で詩人として多くの友人と交遊した。モダニズムの詩人たちとの交遊が多かった。その一方、中国の詩人たちを日本に紹介したことも黄瀛の実績だった。一九二八（昭和三）年九月、モダニズムの流れを汲み、春山行夫により『詩と詩論』が創刊された。一九三一年まで続いた雑誌で、[＊28]発行は厚生閣である（一九七九年、教育出版センターにより復刻版が刊行）。黄瀛はこの雑誌にいくつか文章を発表している。

一九二九年六月に発行された第四分冊には心象スケッチとして詩が四編、七月に発行された第五冊には「我的自叙伝略（章衣萍《しょういへい》）」、「郭沫若詩抄《かくまつじゃく》」（翻訳）を一二月に発行された第六冊には「詩の防御線――成仿吾《せいほうご》」（翻訳）をそれぞれ発表している。[＊29]翻訳したのは、ロマンチシズムを標榜した中国の文学結社、創造社の詩人たちが中心だった。

やはり創造社に関係した劇作家の田漢《でんかん》と黄瀛は上海で知り合っており、[＊30]親しく交際していた。黄瀛は「田漢とはね、日本にいる頃、お互いに作品を見て文通を始めてからの知り合いです」と述懐している。[＊31]黄瀛が自身の詩を発表するだけではなく、中国の詩人たちの詩を翻訳したのは、田漢の影響があると推測される。黄瀛は他の詩誌（『若草』、『詩神』など）にも蒋光慈《しょうこうじ》、王独清《おうどくせい》、馮乃超《ふうだいちょう》など、中国で当時活躍中の詩人たちを日本の読者に紹介した。[＊32]中国の詩人の紹介者として、黄瀛が果たした役割も大きかった。

内山書店と魯迅

南京にいた黄瀛だが、一月に一度くらいは上海に出て来た。内山書店で日本語の本を購入するのが目的だった。南京では日本語の本が入手しにくかったからだ。当時内山書店は堂々たる構えとなっていた。長崎―上海間には定期的に連絡船が走っており、上海はパスポートなしに日本から出かけることができた。日本が中国への侵出を加速するにつれて、上海在住の日本人が増えたことがその背景にあった。その上、かつて日本に留学した知識人が多くいたこともあり、日本語書籍の需要がかなりあったのである。店主の内山完造が中国人と分け隔てなく付き合ったことも、内山書店の繁栄をもたらした。いつしか内山書店は上海在住知識人のサロン的な存在となり、日本人と中国人との交流の場となっていた。[*33]

中国を代表する作家・魯迅も内山完造と親しくした一人である。一九二七年一〇月、魏盛里にあった内山書店を初めて訪れて以来、内山書店を訪れるようになった。一九二九年末、書店が北四川路の表通りに移ってからは訪れる回数が増えた。魯迅は同じ北四川路の、歩いて五分程度の近所に住んでいたからだ。

黄瀛（1931年、上海にて）
田坂乾提供。

当時は、国民党によるテロが席巻《せっけん》していた。一九三〇年三月二日、中国共産党指導の下に中国左翼作家連盟が成立したが、魯迅はその中心人物の一人だった。魯迅は国民党にとって危険人物であり、ブラックリストに名前が記載されていた。中国左翼作家連盟常務委員であった魯迅は国民党浙江省党部から指名手配され、魯迅が死ぬまで指名手配が解かれることはなかった。[*34] 国民党政府は一九三〇年一二月「出版法」を施行、新聞・雑誌の発行に制限を加えた。言論弾圧は強まったが、魯迅はそれに屈せずに雑文を書き続けていた。

一九三一年二月七日、国民党の手で左翼作家連盟の若手作家五人が銃殺された。その中には魯迅の愛弟子・柔石《じゅうせき》が含まれていた。国民党による共産党員をターゲットにした逮捕・殺害は激しさを増していた。魯迅はそのことを憂慮し、「忘却のための記念」（竹内好訳）で「若いものが老いたもののために記念を書くのではない。そしてこの三十年間、私が見せつけられたのは青年の血ばかりだった。その血は層々と積まれてゆき、息もできぬほどに私を埋めた」と書いている。[*35] 親しい友人を殺した国民党に対する恨みが伝わってくる文章である。

蒋介石にとって、魯迅は目の上のたんこぶ的な存在だった。一九三二年一月、上海で中国民権保障同盟が組織された。宋慶齢《そうけいれい》が主席となり、国民党の独裁政治に反対し、人権擁護を主旨とする団体だが、魯迅はこの団体の活動を支持していた。翌年六月、蒋介石の特務により、中国民権保障同盟総幹事の楊杏仏《ようきょうふつ》が暗殺された。[*36] 魯迅は弔問に参列したが、その言動は特務から蒋介石に報告されており、中国民権保障同盟は活動停止に追い込まれた。

だが、この文章が書かれた一九三三年から一九三四年頃、つかの間だが、国民党将校だった黄瀛との間に交遊が成立した。最初の出会いについて、黄瀛は次のように述懐している（四川外語学院で黄瀛の同僚だった横沢活利翻訳による「魯迅先生との幾度かの会見を回想して」[*37]）。

魯迅との出会い

一九三一年初め、日本から帰国したあと、私は国民党南京軍政部通信部隊の仕事に就いた。当時、南京には外国文学等の書籍が非常に少なかったので、私は毎月のように上海まで出かけ、内山書店で必要な日本文の書籍を買っていた。こうして日がたつうちに、内山書店の主人内山完造さんといつの間にか懇意になった。

ある日、私が内山書店で各種の書籍をパラパラめくっていると、店主の内山さんが私の傍へやってきて、魯迅先生が私に会いたがっておられると話しかけてきた。私は大変意外なことと感じ、ひとかたならず不安の思いに駆られた。内山さんは私の心の内を見てとったようで、笑いながらこう言った。「魯迅先生は、長いことあなたを捜していたのですよ。先生は、上海にやってきた日本文芸界の人々があなたのことを話すのを、いつも耳にしていました。私と雑談していたある時、魯迅先生がまたあなたのお名前を口になさってので、私は、あなたが毎月きまって上海においでになり、本を買っておられることを、先生にお話したんです。それで先生は、私にあなたがあってくれるよう取りはからわせたのです。」内山さんは、話しながら私を奥の部屋に連れて行き、私に、ちょっとここで待つように、と言った。

しばらくして、先生がお見えになった。簡単な紹介ののち、魯迅先生は、私の手を握ったままで、こうおっしゃった。「黄先生、私はずっとあなたを捜していました。日本の芸術家の皆さんがあなたのことを噂するのを、いつも耳にしていました。東京で原稿料で暮らしていける中国人だ、というように話すのをね。あなたの詩は読んだことがあります。中国人で、日本語で文章を書ける人は、非常に少ないしね。それで私は、内山のご主人に特にお願いして、あなたが会ってくださるよう取りはからうよう約束させたのです。」

内山さんの店の小さく仕切った部屋の暖かい火鉢を囲んで、偉大な文学の巨匠魯迅先生は、きわめて丁寧かつ穏やかな態度で、私との話しあいを開始された。私は、まず始めに、日本文芸界の情況について、先生にお話した。そして、先生が新劇に特に興味をお持ちだったので、そこに重点を置いて、小山内薫が主宰していた築地小劇場のことを話し、更に、私が観たいくつかの新劇について、その簡単な紹介を逐一申しあげた。

魯迅先生は、しきりにうなづきながら、こうおっしゃった。「上海にも、留学生が提唱した現代劇はあります。しかし、最新の世界名作を上演することは、長いこと、できないでいます。あなたは日本の築地小劇場をごらんになって、古典文学作品を演じるばかりでなく、

そして又、現代派の演劇をも演ずることができるとは、これは全く敬服に値することですね。」（中略）

魯迅先生は、親しみがあって人なつこく、しかも大層礼儀正しく、私を「黄先生」とお呼びになった。

私は落ち着かない気持ちから、こう申しあげた。「周先生、あなたは私より先輩で、私の方は後輩です。まして、私はまだ見習い中のものです。やはり、呼び捨てにしていただくほうがよいのですが。」先生は笑って、とり合わなかった。彼は、私の軍服をじっと見ながら、「あなたは、なぜ軍人にならなければならないんですか？」とおっしゃった。

私は、私の家庭情況を簡単にご説明した。先生は憤慨し、不満の意を込めて、こうおっしゃった。「中国の封建勢力があまりにもきびしいのだ。黄先生が軍人になるとは、ほんとは、ほんとに惜しいことだなあ！　あなたはきっと、たくさん書けるのに。今は日中両国の関係はよくありません。一日一日ますます悪くなっていますね。だが、上海にやって来る日本の文学家は、我々に対して、やはり親近感を持っています。あなたは、彼らとのつながりを今後も多くすべきではないかしら――。」

魯迅先生は、当時は、国民党からマークされている注意人物であった。彼は微笑を浮かべながら、「内山書店にいるときだけは、私たちは気持よく、のびのびと話せるんだけどね。」彼は、このように人づきあいがよく、また親しみがあって、文章中にあらわれる、あの、火のような「辛辣さ」はなかった。ほぼ二時間後、名残惜しい気持ちを抱きながら、魯迅先生に別れを告げた。

　初対面から打ち解けた様子が推察できる。魯迅は、日々の出来事を克明に記している。だが、魯迅日記には黄瀛に会ったという記述はない。これは当時、黄瀛が国民党南京軍政部通信部隊に所属していたことが影響していると推察される。妹の寧馨が蒋介石の右腕とされた何応欽の姉の子、何紹周と結婚したことで、姻戚関係が生じていた。その事情を聞いた魯迅は、日記が国民党の手に押収されることまでも想定して、黄瀛の名を日記に記すことをためらったと推察される。南雲智は現在公開されている魯迅の日記には、消されたり、意図的に書かれなかった痕跡が見られるとしている。[*38]

　魯迅は、日記とともに日々購入した本の書名と値段を記した書帳をつけている。その記載がふたりの出会いを証明する。魯迅は一九二九年六月二六日、『詩と詩論（四）』一冊を二元で求めている。[*39] 翌年一月一七日には、『詩と詩論（五）、（六）』二冊を六元で求めていると記載されている。[*40]『詩と詩論（四）』には黄瀛の詩（「士官学校の夜」等四篇）と「中国詩壇小述」が掲載されている。[*41] 魯迅が「読んだことがある」というのは、その四篇を指すと推察できる。また、『詩と詩論（五）』には「私的自叙伝略（章衣萍《しょういへい》）」（翻訳）と「郭沫若《かくまつじゃく》詩抄」（翻訳）が、『詩と詩論（六）』には「詩の防御線――成仿吾《せいほうご》」（翻訳）がそれぞれ掲載されており、[42]黄瀛が中国詩の紹介者として活躍していたことも、魯迅にはわかっていたと推察される。逆にいえば、黄瀛が執筆していたからこそ、『詩と詩論』を内山書店で買い求めたと推察することもできる。

黄瀛には文芸界に知人が多くいたが、魯迅の日記に登場する人の中では横光利一、金子光晴、林芙美子の三人が魯迅との対話で、黄瀛について話題にした可能性が高い。[43]横光利一は文化学院で黄瀛を教えたが、黄瀛は後年四川外語学院での講義で横光利一の『日輪』などを取り上げた。[44]横光利一は一九二八年上海で魯迅に会っている。やはり、金子光晴も一九二八年、上海で魯迅に度々会っている。金子光晴は新潮社が発行していた『日本詩人』の編集実務を担当していたので、黄瀛とは出会う機会があったと推測される。詩人として出発した林芙美子も一九三〇年九月、内山完造の紹介で魯迅に会っている。林芙美子の『放浪記』出版記念会に、井伏鱒二は黄瀛と共に出席したという証言がある。[45]彼らが魯迅に黄瀛のことを話題にした可能性は高い。

中国人作家にも、黄瀛の名は知れわたっていた。その一人は前述した田漢で、田漢が日本に留学中にふたりの交友が成立した。田漢は中国の国歌である「義勇軍行進曲」の作詞者として知られているが、文学結社「創造社」の同人で若い頃は詩を書いていた。[46]中国に戻ってからは、黄瀛に会うために南京を訪れることもあったという。魯迅は田漢からも黄瀛について聞いていた。黄瀛の述懐にはこう書かれている。

一か月後、私は、内山書店でまた魯迅先生にお目にかかった。忘れもしない、まだ腰かけることもなさらないうちに、先生は憤然として、こうおっしゃったのである。「上海では、私も租界にいるほかにしようがない。不自由だなあ！」彼は、言葉も重く意味深長に、こう続けた。「あなたは、日本において、既に文芸界の好評を得られているから決して、創作を中断してはいけません。私は田寿昌（すなわち田漢）の訳したあなたの詩を、読んだことがありますよ。すばらしかった。」

田坂乾と魯迅との出会い

その頃、黄瀛の文化学院時代の友人で画家である田坂乾《けん》が上海で魯迅に会っている。田坂は一九〇五年生まれで、黄瀛より一歳年長だが、文化学院では本科に在籍した黄瀛とは違い、美術科に在籍した。[*47]

魯迅日記（一九三一年六月二十七日付）には、「晴。午前、内山書店より『浮世絵板画名作集』（第十回）一帖二枚届く、十六元。午後増田君および広平とともに日本人倶楽部に行き、太田および田坂両君の作品展覧会を見る。二枚購入す、計三十元」と記されているが、[*48]文中の「田坂」は田坂乾である。「太田」は太田貢《みつぐ》で、文化学院の友人、やはり画家だった。二人は当時上海にいたのである。魯迅に同行した「増田」は増田渉《わたる》で、同年三月上海にやって来て、内山完造の紹介で魯迅と会い、親しくなっていた、「広平」は魯迅の夫人・許広平《きょこうへい》である。

一九三一年頃の日本は、大変な不景気であり、政情も不安定だった。そんな折、太田貢から中国に行かないかと誘われた田坂が文化学院時代の恩師・中川紀元に相談すると、上海新華芸術専科学校の陳抱一《ちんほういち》を紹介された。父親から大枚百五十円を貰い、田坂は四月に神戸から船に乗った。上海にたどり着くと、陳抱一が迎えに来ていた。田坂と太田の二人は上海新華芸術専科学校校長、王道源宅の二階で生活を始めた。家は北四川《しせん》路にあり、内山書店がすぐ近くにあった。

田坂と太田は杭州まで出かけ西湖を題材にしたり、蘇州に出かけ庭園の絵を描いたりした。作品が増えたため、内山完造が発起人となり展覧会を開催することになり、田坂が銅版画一二点と油絵二三点、太田が水彩画三三点を出展した。中川紀元の紹介文が添えられ、展覧会の幕が開けたが、魯迅は六月二七日、その初日にやって来たのである。

田坂は同年夏に、上海で黄瀛に会い旧交を温めている。黄瀛から奥野信太郎宛てに出された手紙にそのことが記されている。[*49] 同年一一月、田坂は帰国した。あちこちでピストルの音がして、青幇《チンパン》といわれる殺し屋が跋扈《ばっこ》しており、治安が悪く長居は無用と思ったからである。

魯迅との別れ

黄瀛と魯迅は七、八回内山書店で会った。話題は絵画から文学、芸術一般へと及んだ。黄瀛は文化学院時代に絵を専門に習ったことがあった。一方魯迅は日本の古典版画、現代版画の愛好者で、版画を中国へ広めようと思っていた。日本の文学者では横光利一、佐藤春夫、増田渉らの話が話題となった。外国文学ではフランスの作家、ルイ・フィリップ、スペインの作家ピオ・バローハらの作品が中心だった。彼らのことは文化学院時代、恩師の新居格《いたる》から聞いていたので[*50]、黄瀛は熟知していた。なお、新居格は一九三四年五月、上海にやって来て、内山完造の紹介で魯迅に会っており、黄瀛のことが話題に上ったはずである。

やがて、内山書店の周囲に配置されていた国民党特務の報告により、黄瀛が魯迅に会っていることが漏れた。上司である国民党軍政部交通司長兼陸海軍総司令部交通処長邱煒《きゅうい》が、黄瀛に対し、「何部長（応欽）は、黄隊長が上海において、ろくでもない文人と往来しないよう希望しておられる」と忠告した。黄瀛は、一九三〇年三月より行政院直属である軍政部長の要職にあった何応欽とは姻戚関係にあり、魯迅に会い続ければ何応欽に迷惑がかかる。黄瀛は忠告を受け入れざるを得なかった。そのことに関し、こういった述懐がなされている。

　魯迅先生は、ちょっと考えこんだあと、こうおっしゃった。「黄先生、こういう状況は、私は前から予測していました。私は、あなたのような、このような青年が私と率直に話し合えるのを大変嬉しく思います。私の弟（周建人）は大体毎週我が家に来ます。あなたには客として拙宅においでいただきたいと、前々から思っていたのですが、わたしの子供が具合を悪くしていて、ちょっと都合が悪かったのです。どうか、くれぐれもお身体を大事にしてください。いわれなき犠牲となってはいけません。近々戦いが始まるかもしれません。私たち、あとで会えるときがあればいいんですけどね。」

私は、私が特に先生のために買った数罐のタバコを、申し訳ないという気持ちを抱きつつ、お贈りした。先生は、敢えて遠慮のことばも口になさらないで、私の複雑な心情を察することができるご様子だった。快く収めてくださった。そして、「どうもありがとう。私はいつも安いタバコを吸っています。こんないいタバコは、友人をもてなす時のためにとっておきましょう。」とおっしゃった。しばらくもの思いにふけってから、彼は続けてこうおっしゃった。「ペンを捨ててはいけません。ペンを練り、たくさん書き、たくさん考えてください。そして、くれぐれも『いわれなき犠牲』にならないように！」

私は魯迅先生に別れを告げた。そして、長いこと、内山書店の店先に佇んでいた。それから、小声でひとりつぶやくのであった。「先生、どうかこの自由を持たぬ私をわかってください！」

一九三六年一〇月一九日、魯迅は上海で永眠した。五五歳だった。再び二人が会うことはなかった。

黄瀛と魯迅が内山書店で会っていた時期、何応欽は蒋介石の片腕として、歴史の矢面に立たされた。一九三五年五月一七日、日中両国の大使交換（公使から大使への昇格）が行われた。その一方で、日本の支那駐屯軍は天津の新日新聞社長の暗殺などを口実に中国側に圧力をかけ、軍事委員会北平分会委員長である何応欽は六月一〇日、中央軍などの河北省外への移駐、排外・排日の禁止を承認した。梅津・何応欽協定である。[51] 何応欽の相手である梅津《うめづ》美治郎《よしじろう》（一八八二―一九四九）は陸軍大将、参謀総長をつとめ、重光葵《まもる》と共に大本営全権として降伏文書の調印に同席したが、東京裁判でA級戦犯として終身刑の判決を受け、獄中で病死した。一九三一年の満州事変以来蒋介石は対日妥協政策を採り続けたが、その結果日本の侵略の欲望を助長させる結果となった。[52] 一方で蒋介石は反共政策を続けており、共産党と近い魯迅と黄瀛が会い続けることは、何応欽にとって見過ごすことができなかったと推測できる。[53]

当時汪兆銘は国民党行政院長の要職にあった。汪兆銘は梅津・何応欽協定以後反日活動を取り締まったが、当時党報である『南京日報』はそうした姿勢に抗《あらが》うように「抗日」を主張している。この動きには汪兆銘を行政院長から引きずりおろし、蒋介石を同ポストに復帰させようという意図があったという。[54] 同年一一月一日、汪兆銘は国民党の六中全会開会式の当日に狙撃されて重傷を負い、治療のために日本へ出国した。親日的な姿勢が批判されてのことで、その後蒋介石が行政院長を兼ねるようになった。蒋介石＝汪兆銘合作政権は終焉を迎え、対日妥協政策は後退、華北への侵略を進める日本との対決姿勢が徐々に鮮明になっていった。

第三節　日本との別離

奥野信太郎への手紙

国民党の将校として南京へと去り、日本の友人たちと次第に疎遠になっていった黄瀛だが、奥野信太郎との文通は長く続いた。これは奥野が中国研究者だったことが与かっていたと推測される。中国の事情に詳しい奥野に対し、黄瀛は胸襟《きょうきん》を開いて接することができたのである。結婚後のようすを知らせるこんな手紙が残っている（「詩人黄瀛のこと」）。

雑誌拝受、久し振りで三田文学をみます。あの凝った一文はこの秋雨の夜をたのしくさせます。詩のある生活から遠のくのを怕れ此頃は淵明《えんめい》ならぬ菊の手入れに全力を尽していきす。最近の東京は如何。南京は私にとって儀式的な圏内です。鹿爪らしく生活しております。二三年前の如き猟奇心もなければ耽美すべき巣もないし、南京土語の所謂「乾玩児」（これはこちらの花柳語、例えば酒の席にてサイダアをのみ、酒と同じようにたのしむが如し。乾いたアソビ也）の遊びぶり。そして折々子供のようなフェ氏（筆者註、王小姐を指す）を連れて散歩なぞもいたします。あぶない遊びもしないし、本気になれる事もなくて困ります。*55

軍服を着ながらも、詩を書き続けた黄瀛だったが、南京で軍務に就いてからは詩作から遠ざかったと推測される。それでも心中を素直にことばにできる力、詩的精神とでもいうべきものを失くさないように、陶淵明のように「菊の手入れに全力を尽くして」いた。「南京は私にとって儀式的な圏内です」とあるのは、周囲に心を通わせることのできる人があまりいないことを推測させる。「本気になれる」ことがなく、手持ち無沙汰な日常が垣間見れる。それだけに、余計東京で友人たちと親しく過ごした日々が懐かしく思い出されたと推測される。

奥野信太郎は一九三六（昭和一一）年、北京に留学した。最後の手紙は翌一九三七年五月一七日付だった。日中戦争勃発直前である。

御無沙汰しております。隊本部だけ郊外にうつりました。御近況如何ですか、此頃は忙しいのでまるで閑暇がなくこの間は自動車衝突でもう少しのところ生命を失うところでした。南京は野玫瑰と苺の季節、一寸私も南京のよさを見返しております。週末には南京に出かけてゆっくりおちつきます。電影はそちらより（筆者註、北京を指す）早く眼にするけどこの頃電影にも興味なく周囲が水なので魚釣りに一寸腕をみせます。大きな魚が釣れましたかと問われて北叟笑むような魚釣りではなく本当の太公望ですから御安心下さい。私は此頃は全然禁酒、タバコだけは一日にフェスタァフキルド二箱、それも動いてる故かのみ切れません。洋燈の夜になった故か読書慾が可成です。この頃は年の功か亀の甲かとにかく活躍もしませんもしも御会いするような場合があればそれこそ一時に爆発するでしょう。そちらも大分物騒のようですがエライ人にまちがわれないように御注意下さい。世の中が烈しいどんでん返しをして私なんか茫然としております。私は近いうちに五十日ほど方々をぶらぶらします。お手紙は隊宛に下さるように[*56]。

日本と中国の戦争が間近に迫ってきていた。北京にいる奥野に、「エライ人にまちがわれないように」と注意を喚起している。日本人の要人が襲われる危険が高まっていた。釣りをして憂さを晴らしていた黄瀛だが、この手紙を最後に奥野信太郎との文通が途絶えた。

　一九三六年一二月一二日、西安事変が起こった。共産党を「剿共《そうきょう》」しようと赴いた蒋介石を張学良・楊虎城《ようこじょう》が監禁したのである。ふたりは一切の内戦の禁止、南京政府の改組など八項目の主張を提起した。軍政部長の何応欽らは張学良らの討伐を主張し一時その主張は優勢を占めたが[*57]、宋美齢・宋子文らはイギリスやアメリカなどの支持を得て、事件の平和的な解決を図った。一方、共産党も事変の平和的な解決を図り蒋介石の釈放を求める電報が届いたため、蒋介石釈放を求めるようになった。張学良らとの交渉は宋美齢・宋子文・周恩来・張学良・楊虎城との間で一二月二三日から開催され、結果的に蒋介石は釈放された。以後、国民党と共産党は協力して内戦を止め、協力して反日に臨むこととなった。

　翌一九三七年七月七日、盧溝橋事件が起こり、日中全面戦争が開始された。黄瀛にとっては父の国＝中国と母の国＝日本との戦争である。心はかなり乱れたと推測される。日本の友人との交遊が途絶えるとともに、日本語で詩を書いていた黄瀛は、詩作を断念したと推測される。というより、戦争という日常に巻き込まれ、軍人として職務に没頭せざるを得なくなっていった。

〈注〉

＊1　『木曜手帖』三〇二号（一九八一年一〇月）参照。
＊2　一九九三年の岡田美都子へのインタビューで、私はそのことを聞いた。
＊3　伊藤信吉『逆流の中の歌』（泰流社、一九七七年）二三〇頁。
＊4　同右二二七頁。
＊5　同右二二七―二二九頁。
＊6　伊藤信吉編『新訂学校詩集』（葵書房、一九八一年）参照。
＊7　『詩人黄瀛　回想篇・研究篇』（蒼土舎、一九八四年）一八頁。
＊8　奥野信太郎『藝文おりおり草』（平凡社、一九九二年）一三六頁。
＊9　木山捷平『去年今年』（新潮社、一九六八年）二四六頁。木山はこのように記しているが、厚生省引揚援護局作成「陸軍士官学校　中華民国留学生名簿」には、黄瀛の名は記載されているが、何紹周の名は記載されていない。
＊10　『歴程』第八一号（一九六三年）一八一頁。
＊11　北条常久『詩友　国境を越えて』（風濤社、二〇〇九年）一五三頁。
＊12　私は一九九六年八月、宮沢賢治生誕百周年の集いに参加するため来日した黄瀛本人からそのことを聞いた。日経新聞（二〇〇〇年一一月二日付）への寄稿文で、黄瀛自身もそのことを証言している。

＊13　黒岩比佐子『伝書鳩』（文藝春秋、二〇〇〇年）六八頁。
＊14　同右八四頁。
＊15　奥野信太郎『藝文おりおり草』（平凡社、一九九二年）一三九頁。
＊16　そのことを私は一九九三年、金窪キミ、岡田美都子から聞いた。
＊17　盛岡で発行されていた詩誌『火山弾』第二七号（栗木幸次郎追悼号、一九八二年）参照。
＊18　金窪キミ『日本橋魚河岸と文化学院の思い出』（私家版、一九九二年）二六〇頁。
＊19　一九九三年、岡田美都子から頂いた回想文（出典不明）にそのことが記載されている。
＊20　佐伯研二編「人首文庫」展示目録による。
＊21　たとえば、黄瀛が文章を寄せた安藤一郎の第一詩集『思想以前』、黄瀛が佐伯に寄贈した表札などが収蔵されている。
＊22　木山みさを『生きてしあれば』（筑摩書房、一九九四年）一〇四―一〇五頁。
＊23　中央大学人文科学研究所編『民国後期中国国民党政権の研究』（中央大学出版部、二〇〇五年）二三九頁。
＊24　内堀弘『ボン書店の幻』（筑摩書房、二〇〇八年）八七頁。
＊25　一九九三年に私が内堀弘にインタビューした際、そう発言した。
＊26　内堀弘『ボン書店の幻』（筑摩書房、二〇〇八年）八三頁。
＊27　同右八七頁。
＊28　吟遊編集部編『詩と詩論――現代詩の出発』（冬至書房新社、一九八〇年）所収の資料『詩と詩論』総目次・参考文献参照。
＊29　同右。
＊30　「四川日報」（一九九二年一一月一四日付）に徐永恒が書いた記事によると、一九三一年に黄瀛が母や妹が住む故郷・四川省への帰国途中、上海で田漢と会い親交を結んだ（古澤亜童『中国　花みるみる』（社会評論社、二〇〇四年）二二一頁。

＊31 前出「回憶の中の日本人。そして魯迅」参照。
＊32 深澤忠孝作成「黄瀛詩作品・文章年表」（『草野心平研究』第三号所収、一九九一年）参照。
＊33 髙綱博文『「国際都市」上海のなかの日本人』（研文出版、二〇〇九年）所収「上海内山書店小史」参照。

＊34 南雲智『「魯迅日記」の謎』（学研、一九九六年）一九五頁。
＊35 竹内好訳『魯迅文集』第五巻（筑摩書房、一九七八年）一一九頁。
＊36 小澤正元『内山完造伝』（番町書房、一九七二年）一二二頁。
＊37 私はこの文章のコピーを黄瀛の文化学院時代の友人・金窪キミから頂いたが、どの雑誌に掲載されたのかは不詳。

＊38 南雲智『「魯迅日記」の謎』（学研、一九九六年）二七頁を参照。
＊39 飯倉照平・南雲智訳『魯迅全集　第一八巻』（学研、一九八五年）二九三頁。
＊40 同右三四六頁。
＊41 吟遊編集部編『詩と詩論――現代詩の出発』（冬至書房新社、一九八〇年）所収、資料『詩と詩論』総目次・参考文献参照。

＊42 同右。
＊43 この三人は飯倉照平・南雲智訳『魯迅全集　第一八巻』（学研、一九八五年）に登場している。
＊44 『詩人黄瀛　回想篇・研究篇』（蒼土舎、一九八二年）三五頁。
＊45 萩原得司『井伏鱒二聞き書き』（青弓社、一九九四年）八六頁。
＊46 丸山昇・伊藤虎丸・新村徹編『現代中国文学事典』（東京堂出版、一九八五年）二〇七―二〇八頁。
＊47 私は一九九三年七月に大森にあった田坂の自宅を訪ね、インタビューした。
＊48 飯倉照平・南雲智訳『魯迅全集　第一八巻』（学研、一九八五年）三七八頁。
＊49 奥野信太郎『藝文おりおり草』（平凡社、一九九二年）一四五頁。
＊50 黄瀛「重慶だより」（文化学院同窓会誌『おだまき草』所収、一九八七年）三〇頁。

＊51　石島紀之『中国抗日戦争史』（青木書店、一九八四年）三五頁。
＊52　同右二三頁。
＊53　何応欽『中日関係と世界の前途』（正中書局、中華民国六三年）に、何応欽と岡村寧次との対談が収録されている。ふたりが昭和八年の塘沽停戦協定で初めて会った際、何応欽が岡村に「これ以上日本が中国本土にどんどん侵略すれば、中国共産党がどんどん増えてしまって、日本も結局ひどい目にあうぞ」と語ったと回想している。同書三二六頁。何応欽の中国共産党に対する敵意が垣間みれる発言で、当時中国共産党に近い立場にいた魯迅に対しても悪印象を抱いていたと推測される。
＊54　中央大学人文科学研究所編『民国後期中国国民党政権の研究』（中央大学出版部、二〇〇五年）一七〇頁。
＊55　奥野信太郎『藝文おりおり草』（平凡社、一九九二年）一四五―一四六頁。
＊56　同右一四七頁。
＊57　石島紀之『中国抗日戦争史』（青木書店、一九八四年）四九頁。

第三章　日本の敗戦と国共内戦

第一節　漢奸狩りの犠牲に？

日華事変が勃発し、日本との訣別を余儀なくされた黄瀛に関しては正確な情報が入って来なくなった。そのことを象徴するといえるのが一九三七年九月二五日、中国新聞に掲載された「行政院秘書銃殺」という記事である。外務省に入った情報では「支那側のいはゆる奸漢狩りは相変わらず猛烈を極めている」とし、黄瀛が漢奸《かんかん》（祖国を裏切った者）狩りの犠牲になったという以下の内容である。

黄瀛が死んだ？

四日わが外務省着電で逮捕銃殺を傳へられた、行政院秘書長黄瀛君（三一）は、父を支那人と母を日本インテリ女性に持つ混血児黄瀛君は今にして思へば生れながらにして悲劇的運命の持ち主であった。父君は北京大学華やかなりしころの教授で、母は御茶水女高師出身青島の日本中学を終へた黄君は大正の末ころ日支親善の理想に燃えて来朝、一時西村伊作氏の文化学院に在学、昭和二年私費留学生としてわが士官学校に入校歩兵科を優秀な成績で卒業帰国した。時めく何応欽を義理の伯父とする黄瀛君はこゝで一躍大尉に任ぜられ、昭和四年に再び来朝、支那軍の近代化を重要使命として中野の軍用鳩調査委員事務所に通学一年の留学を了へて南京に帰り、特別通信教導隊長の要職に補せられてメキメキと出世、二年程前には先輩を抜いて陸軍少将に昇進してゐた。

何応欽と姻戚となることで、黄瀛が　足とびに昇進していったことをこの記事は一方で伝えているが、黄瀛が殺されたというこの記事を読んだ友人たちのショックは相当なものがあったと推察される。広島在住で交友があった詩人・米田栄作は同年一一月号の『晩鐘』に次のような追悼文を寄せている。

黄君が中国側の漢奸狩りの犠牲になって逮捕され、一応の訊問ののち銃殺されたということを、今朝の新聞にみて私はしばし瞑目《めいもく》し涙の湧くを禁じ得なかった。正義は中国においては全く反故《ほご》同然で通用はされないのである。私は青天白日旗をいただく黄君のためばかりではなく、詩人の名において、あるいは知友の名において大いなる義憤を感じその悪辣《あくらつ》きわまる非道を憎まずにはいられない。思うに黄君が立派な詩人であったことが今度の犠牲をあえて拒否し得なかったのか、それとも黄君がまったく中国式の武将に成り得なかったことが私ら日本人として哀惜するところである。新聞の報するところによれば黄君は何応欽氏を義理の伯父にもち、行政院秘書の要職にあり、陸軍少将という肩書をもつこの三十一歳の武将、世界に誇ってもよい有為なる詩人黄君が自らの祖国の売国奴のために、あたら「漢奸」と呼ばれ無残なる銃殺に絶息したことは、事変のため敵味方と早退した私らとしてもなんといっても諦められぬものを感じている。

この新聞報道は誤報であり、後に米田栄作は「追悼文の取消し――中国詩人黄君は生きていた――」を書くが[*1]、黄瀛が亡くなったといううわさは、友人たちの間に広まっていった。なぜ、黄瀛が銃殺されたという記事が掲載されたのかは不明だが、日本人を母に持っていたことが日中戦争勃発後、国民党内での立場を微妙にしたと推測できる。

黄瀛が死んだという知らせは詩壇に衝撃を与えた。倉橋彌一は「黄瀛の死」という詩を書き、追悼した。以下の内容である[*2]。

郵便はがきが一銭五厘で白かつた頃
詩人黄瀛は銀杏の葉に詩を書いた。
彼は浮世絵を好み、戯談をどもつていつた。
彼は日本を去り、南京政府蒋介石の観兵式で伝書鳩を飛ばした。

それからの激しい東亜の光陰
詩人黄瀛は支那軍閥の陸軍少将であつた。
彼が漢奸として銃殺されたといふ街の噂、

それはもはや本当であつた。
日本を愛した彼が軍閥の手で殺された。

日本の詩人で支那の将校
国民政府はかうした矛盾を許さなかつた。（以下略）

また、田邊耕一郎は改造社から出ていた『文藝』（一九三七年一一月号）に「日本の詩人黄瀛」を書き、「日支の交戦がはじまつて以来、支那政府が全支にわたつて知日派を犠牲にしている」とし、黄瀛の死に関しては「いまはまだ一抹の疑念のままに残しておくべきことだろう」と記している。[*3]

日中和平工作

一九三七（昭和一二）年七月七日に北京郊外の盧溝橋《ろこうきょう》で始まった日中戦争は拡大の一途をたどったが、一方で駐中国ドイツ大使トラウトマンによる和平工作が進められていた。だが、一二月一三日、蒋介石が率いる国民政府の首都南京が陥落、翌日北京には日本の傀儡《かいらい》政権である王克敏《おうこくびん》を首班とする中華民国国民政府が成立した。トラウトマン工作が行われていた当時、国民党立法院院長の孫科《そんか》がソ連からの兵器、軍事援助を求める交渉のためモスクワを訪問中で、蒋介石は一九三七年一二月六日、スターリンとジューコフ元帥宛にトラウトマン工作に対して日本軍に欺かれないよう対応する旨の電報を送っている。[*4] すでに一一月一七日、国民党は首都を南京から重慶に移すことを決定していた。翌年二月一日、親日の冀東《きとう》防共自治政府は臨時政府に合併された。同年一二月二二日には蒙古連盟、察南、晋北の三自治政府が合併して蒙彊《もうきょう》連合委員会が成立している。[*5]

そうした状況の中で、翌年（一九三八）年一月一六日、近衛文麿内閣（第一次）は「帝国政府は爾後《じご》国民政府を相手にせず」との声明を発表した。前日、参謀本部が「政府は今後起こるであろう長期戦の実態を把握していない」と和平交渉の継続を主張したが、近衛内閣は強硬に軍部を押さえつけた。内閣は蒋介石政権の命運は尽きたと楽観的に考えていたのである。

だが、陸軍の不拡大派、和平派というべき多田駿参謀次長、影佐禎昭《かげささだあき》大佐、今井武夫中佐などはその後も汪兆銘を担ぎ出すなどして、和平工作を続けた。近衛声明後の日中和平交渉は国民政府外交部亜州司第一（日本）科長の董道寧《とうどうねい》が一九三八年一月、満鉄南京事務所長の西義顕と中国で折衝したことに始まる。董道寧はその後来日し、影佐禎昭から陸軍士官学校時代に知り合っていた張群（国民党行政院副院長）と何応欽（国民党軍政部長）への手紙が託された。[*6] 手紙は「近衛声明の結果、アジアの運命は窮地に陥った。今後もさらに人を送って、日本の朝野の誤解をといてほしい」という内容で、影佐や西と共に和平工作を行った当時同盟通信記者の松本重治は『上海時代』の中で、「董君は、一月十六日の声明にもかかわらず、多田参謀次長や影佐大佐から、軍の中枢部にはなるべく早く『和平を招来したい真意』があることを確認した」[*7]と書いている。黄瀛の姻戚である何応欽は日中和平工作のターゲットになっていた。なお、一九三九年一月一日、国民党中央執行委員会は汪兆銘の永久除名、一切の職務剥奪を決定している。[*8]

草野心平が南京へ

黄瀛と詩を介して知り合い、親友となった草野心平もそのうわさを信じた一人である。心平は一九四〇年九月、詩集『絶景』を上梓後、広州の嶺南大学の同窓生だった林柏生《りんはくせい》の要請により、南京国民政府（汪兆銘政権）宣伝部顧問として南京に赴任していた。その際に、心平が、土門拳が撮影した高村光太郎の「黄瀛の首」の写真、黄瀛からの年賀状を携えたのは、南京が黄瀛が住んだ街だったことが大きく影響していると推察できる。心平はこう、回想している（「黄瀛との今昔」）。

或る日のこと横田実が黄瀛は矢張り死んだそうだ、宇田大尉に聞いてみるといい。というので私は中野電信隊での彼の昔の同窓である当の宇田大尉に会った。彼の話によると武昌の蛇山公園に一つの鳩舎がのこっている。いまは日本軍がそれをつかっているが、その鳩舎の建て方が自分達の習ったその方法と同じである。黄瀛は伝書鳩の言わば草分けでありそれを作ったのは正に彼である。彼はもういない。鳩舎だけが残っている。これが宇田大尉の黄瀛の死の結論なのであるが、それだけでは彼の死はちっとも確証されるわけのものではない。それだのに聞いていている私も黄瀛はたしかに死んだような錯覚に陥入ってしまったのである。[*9]

「伝書鳩の権威」であった黄瀛が作ったとされる鳩舎を見て、心平はさぞ悲しんだと推測される。文中の「横田実」と心平は、一九二二（大正一一）年に知り合っている。心平は広州の嶺南大学留学中で、同年六月電気通信社広東支局長・横田実による孫文へのインタビューにアシスタントとして同行した。[*10]

亀井文夫の検挙

日中間に全面戦争が勃発し、黄瀛は敵国人となり、友人への便りは途絶えたが、個人的に育まれた絆まで消え失せたわけではなかった。文化学院時代の友人で、一緒に住んだこともある亀井文夫は黄瀛との絆を保ち続けた一人である。亀井はその後映画監督となり、反戦映画を撮り続けていた。亀井は黄瀛と同様に文化学院を一年ほどで中退、ソビエトへ行くなどして、次第にドキュメンタリー映画へと傾斜していた。[*11]

一九三七年に「支那事変」（日本放送協会）を完成した亀井は翌年、「上海―支那事変後方記録」（東宝映画文化映画部）、「北京」（同）を次々に発表した。中国での戦火が拡大してきたことに伴い、日本陸軍報道部は東宝に対して、戦意昂揚が目的の武漢作戦の長編記録映画を委嘱した。「戦ふ兵隊」である。亀井が監督した。陸軍省後援で企画製作されたこの映画は、翌一九三九年に公開されるとすぐ、上映禁止になった。戦意昂揚どころか、戦意をなえさせると判断されたためだった。

亀井はやがて治安維持法で検挙されるが、往時を回想して次のように書いている。

ぼく自身、腹の中では、戦争の中絶を心から待望していた。戦場にあっても、中国人に対して「敵」という意識はまるで持てなかったし、一片の憎しみの感情も持てなかった。また、四六時中軍服のカーキ色一色の中に暮していると、とても息苦しくなって、時おり「難民区」に出かけては、中国服の青い色を眺めながら心の渇を癒したほどである。ぼくは道ばたで拾ったロザリオを首にかけていたので、難民の中には、ぼくを従軍牧師と勘ちがいしたらしく、近寄ってきて、十字架にくちづけする者もいた。またちょうどその頃、対岸の「敵陣地」には、以前ぼくの東京の家に寄宿していた詩人黄瀛が、通信隊長として働いているはずだ、などと思うと、会いたい気持が先にたって、とても「敵」などとは思い及ばなかった。[*12]

亀井の脳裏には黄瀛と過ごした楽しい時間が刻まれており、そのひとりの中国人の友人の存在が、亀井を反戦映画へと駆り立てる原動力となったと推察される。[*13] 亀井は一九四二年五月、世田谷警察の留置場から巣鴨拘置所に移され、一年後に起訴猶予で釈放されたが、敗戦まで農業技術映画の脚本を二本書くことしか映画活動ができなかった。[*14]

幻の詩人

黄瀛や亀井文夫らが学んだ文化学院は、男女別学の時代に逸早く男女共学を実現するなど、自由な教育方針で知られていたが、日本が軍国主義への道をひた走る中で、その教育方針が批判の対象とされた。一九四三（昭和一八）年四月一二日、校長の西村伊作は特高課の刑事により連行され、不敬罪ならびに言論出版集会結社等臨時取締法違反の疑いで拘禁された。[*15] 西村伊作は「戦争が苛烈になって勝味がなくなった頃に私は、警視庁の外事課に拘引された。留置場や拘置所に半年以上、私は生涯の内での特別な生活をつづけた」と述懐している。[*16] 同年九月一日、文化学院は東京都により強制閉鎖となった。その理由としては「教育方針が我が国是に合わないこと、しかしそれに就いては深く説明出来ないことを遺憾とする」とだけ発表された。[*17] 文化学院は日本軍により、欧米人の捕虜を収容する施設、外国向け宣伝放送をする施設として使用された。[*18]

一九四一（昭和一六）年一二月八日、日本は太平洋戦争へと突入し、戦火が拡大した。国家総動員法が施行され、日本中が戦争に巻き込まれるようになっていった。戦火の拡大と共に黄瀛の存在は忘れ去られたが、消息不明が長引くうちにいつしか「幻の詩人」といわれるようになっていた。[*19]

第二節　草野心平との再会

日本の敗戦

一九四五年八月日本軍はポツダム宣言を受諾、連合国に降伏した。そのことに伴い、日本の傀儡政権である南京国民政府は崩壊した。南京国民政府は翌八月一六日に中央政治会議を開催し、「政府解消宣言」を行った。満州国の康徳帝（溥儀《ふぎ》）は八月一八日、自身の退位を告げる詔書を読み上げた。一三年間続いた満州国は幕を閉じたのである。日本への亡命を希望した溥儀は八月一九日奉天飛行場でソ連軍に捕らえられ、ハバロフスクの収容所に送られた。

日本の敗戦に伴い、日本の占領下上海に住んでいた作家の鄭振鐸《ていしんたく》は「八月十日の夜、ラジオは日本降伏のニュースを伝えた。わたしたちは気も狂わんばかりによろこんだ」と記している。[*20] 中国の民衆は抗戦勝利の知らせを喜んで迎えた。

日本の敗戦時、日本軍は支那派遣軍のもとに、華北、華中、華南の沿海部大都市を中心にして約百万の兵力を保持していた。[*21] 九月九日、陸軍総司令となっていた何応欽と支那派遣軍総司令の岡村寧次との間に南京で停戦協定が調印された。ふたりはその際、当時中国に在住していた日本人の処遇について話し合った。

岡村は何応欽にとって陸軍士官学校の先輩に当たるが、ふたりが最初に会ったのは一九三一年に起こった満州事変の二年後、塘沽《タンクー》停戦協定のときだった。岡村は関東軍の参謀副長で、何応欽は中国軍の総司令官をしていた。二度目に会ったのは昭和一〇（一九三五）年の一一月頃、南京に岡村が一泊したときに、何応欽から電話がかかって来て、何応欽の家で食事したという。

当時岡村は参謀本部第二部長、何応欽は軍政部長だった。[*22] 何応欽は「親日派」と目されているが、旧知の岡村寧次が支那派遣軍総司令だったことは、中国在住日本人にとって幸いだったと推測される。敗戦国の国民としては異例ともいえる寛大な処置が日本人に対して取られたからである。もちろん、それは蒋介石の意思でもあった。

日本の敗戦に伴い、重慶を本拠地にしていた蒋介石を中心とする国民党指導部は次々に南京へと移動してきた。日本の敗戦は中国に住んでいた日本人の生活を一変させたが、日本軍や住民の動きについて今井武夫は次のように記している。[*23] 今井は支那派遣軍総参謀副長として、岡村寧次総司令官に代わって敗戦の事後処理に当たった人物である。

数日経つと、蕪湖、九江其の他揚子江上流地区の日本軍が、ぞくぞく南京周辺に移って来たが、之れ等は道路の修理や、工事の復旧等の労務を命ぜられ、無腰の工作隊に変貌させられていた。

曽つては日本帝国軍人としてのプライドに自覚を強いられ、占領地民衆に君臨した将兵は、十分諦観を覚悟しながらも、なお屈辱感に身を焼き、遽かに環境の激変に追随しかねて、戸惑ったような面上には、誰しも言い知れぬ憂愁の色が漂っていた。

総司令部が鼓楼前に移転して一ヵ月程たった十二月二十三日朝突然中国総部からの電話で岡村大将は小林総参謀長を伴い飛行場に赴いて、蔣介石総統と午前九時半から約十分間会見した。

岡村から終戦後に於ける日本軍に対する寛大な取扱を感謝したら蔣は接収業務の順調なことに満足し、不自由な点は改善せんと言明した。

南京市内在住の日本人は、其の住宅を接収され、中には暴民に家財を略奪されるものも少くなかったが、敗戦の国民は勝者に対し、無抵抗主義以外制止する手段もなく、身を以て生命の安全を図り、逐次城外の日僑集中営に移動し、不安におびえながら帰国の便船を待機した。

環境の激変に右往左往する日本人の姿を活写した回想であり、蔣介石が日本人に対して寛大な処置を行ったことを証言している。

草野心平との再会

草野心平は国民政府の顧問として、南京で敗戦を迎えていた。嶺南大学の同窓生・林柏生が国民政府の宣伝部長という要職にあったことから、誘われて南京に来ていたが、[*24] 敗戦により国民政府は崩壊した。財産を没収され、ぼんやりとして日々を過ごしていた。そんなある日、思いがけないことを知人から聞かされた。「漢奸」として銃殺されたといううわさがあった黄瀛が生きており、南京にきているというのである。やがて、二人は再会を果たすが、その様子を心平は次のように述懐している（「黄瀛との今昔」）。

終戦後、あれはまだ二週間にも足らない頃だったと思うが、南京の私の書斎で、二三の友人と話していると、張傑君が案内もなしに這入ってきて、いきなり新聞を見たかと言うのである。中国の新聞なら、二、三日ここのところ見てないというと、いや黄瀛がきてるんだよ、という。私はどきんとした。

死んだとも生きているとも結局は分る術もなく数年を過したのだったが、生きて、しかも南京にいるというのだから私は周章《あわ》てた。どこにいるかと言えば総司令部にいるという。電話をかけて迷惑しないだろうかといえば、中国語なら大丈夫という。ところが、電話で話す前に意外にも私の家のすぐ近くの、しかも私の友人の別の張君の家にいることがわかり、私はすぐその家に行った。玄関があいていたので私自身も案内なしに応接間にはいってゆくと、そこのほの暗いソファにじっとしている黄瀛を見た。私はいきなり近寄って手を出すと彼はきょとんとして立って手を出した。こっちは彼であることを意識しての上だったから直ぐ分ったけれども、彼にしてみれば黙ったままずかずかやっていった私が、薄暗いせいもあったろうが、直ぐには意識にのぼらず一瞬不可解の表情のあと「あ、キ、キ、君か」といって、二人はあらためて堅く手を握りあった。私はなんだか非常に疲れたまま彼の側のソファに腰かけ、そして二人ともしばらくは口もきかなかった。張君が二階からせわしく降りてきて、いつものせっかちな話が始まり、と思うとレコードをかけはじめた。

そのレコードの伴奏のなかで、黄瀛が突然、「こんなに早くおわるとは思わなかったよ」といった。

「中国と日本との関係だけならば、日本は政治に敗けたんだな」とも言った。

「馬鹿だよ。日本は」色んな思いの果てのなかから、吐き出すように私はそういったなり黙ってしまった。（中略）

陸軍少将の軍服をきてゐるが、彼は昔とおんなじやうに若く軍人臭くもない。いくつになったんだいときくと四十だよという。どうしても三十四、五にしか見えない。

「子供は？」

「四人」

「何処にいる」

「重慶にいる。君は何人」

「五人」

子供の数を考えれば時間の経ったのも思われるが、二十歳前後の彼の印象が一番強く、せっかくの軍服姿も何んかあの丼パナマをかぶった「黄瀛」に見えて仕方がない。彼は何応欽将軍の秘書として芷江《しこう》での停戦協定に列席して、そのまま南京にとんできたのだそうである。[*25]

陸軍少将の軍服を着ていた黄瀛だが、心平には依然と同様に若く、軍人には見えなかった。八月二七日、日本軍の岡村寧次総司令官は、国民政府の副参謀長・冷欣《れいきん》中将との間で、今後の接収業務をどうするか会見したが、黄瀛はその接収業務を担当する側にいたのである。

芷江での停戦協定

「芷江での停戦協定」に岡村寧次総司令官に代わって参加した今井武夫総参謀副長は、そのときの回想を記している。芷江は湖南省の西南に位置し、国民党軍の対日航空基地が置かれていた。日本軍は四月一五日から芷江作戦を行ったが、制空権を握っていた中国軍による手ひどい攻撃を受け、五月九日に作戦を中止していた。日本軍にとって、日中戦争始まって以来の惨憺たる戦いだった。今井は橋島芳雄中佐（参謀）、前川國雄少佐（航空参謀）、木村辰男通訳官（嘱託）を伴い、八月二一日〜二三日までの会談に臨んだ。相手側は総司令何応欽上将、総参謀長蕭毅粛《しょうきしゅく》中将、副参謀長冷欣中将、総部副参謀蔡文治《さいぶんじ》少将らであった。今井は中国側が「何れも日本側に深い理解を示し、終始武士道的態度を以て応酬し、敵国の敗将に対するというより、寧《むし》ろ友人を迎えたような態度[*26]」で接したと回想している。これを今井は、中国側に日本へかつて留学した人々が多く含まれているためと推測しているが、その中に黄瀛がいたのである。このことに関して、今井は次のように記している。[*27]

グループの中には、中国陸軍総部本部で芷江会談以来私と関係のあった鈕先銘《ちゅうせんめい》少将、陳昭凱《ちんしょうがい》大佐或いは王武大佐があり、南京到着後新たに加わった者には馬崇六中将、曹大中、曹士徴両少将其の他後に日本に派遣された李立柏少将や、日本文の詩人としてわが国詩壇にも草野心平其の他交友の多い黄瀛少将等があった。

われわれは毎週のように会合して大いに歓談したが、その結果われわれ攻撃側の日本軍人に比べ、当然な事ながら、国土を侵略され郷土を追われた彼等中国軍人が悲惨な境遇に身を置いた実情を知り、彼等は屈託なく話すのが常だったが、われわれは其の都度身の置き場に窮する思いであった。

九月六日、国民政府は南京に進駐《しんちゅう》を始めた。日本軍が南京を占領して以来、目抜き通りには日章旗が掲げられていたが、引き下ろされた。九月九日には南京中央軍学校講堂で派遣軍受降式（投降）が行われ、岡村寧次総司令官が調印した。中国側は何応欽総司令が調印した。

中国政府は在留日本人を管理する日僑《にっきょう》管理処を設置した。虹口に集められた在留日本人は一九四五年九月末で九万四千人、次第に上海以外からの日本人も流入し、最大一二万四千人に及んだ。彼らは戸毎に戸長を決め、十戸を甲、十甲を保、保の上に区を設け、中国の隣組である保甲《ほこう》制度により管理された。[*28] 保甲制度は古来からある農民を動員する治安維持制度だが、国民党政権成立初期一部地域では復活し始めていた。たとえば、広東省政府は一九二八年に保甲条例を制定している。[*29]

詩作を再開

九月になると、心平は長男・次男と共に南京日僑集中営に収容されたが、その直前黄瀛に、貴重品一切を託している。その中には、高村光太郎が掘り、土門拳が撮影した「黄瀛の首」の写真が含まれていた。それからしばらく、心平が翌一九四六年三月に中国を離れるまで二人の交遊は続いた。

黄瀛は次のように、述懐している（「詩友、草野心平兄を悼む」[*30]）。

かれは汽車輸送待つ間のしばらくを南京日僑集中営に入っていた。ぼくは二、三日に一回位かれを呼び出してはお酒のごちそうして慰めた。

上海から日本へ遣送する時もぼくはわざわざ上海まで出かけて見送った。かれは雨の中のトラックの上で手をふりふり、ぼくと別れた。その時かれは古着市場で買ったポケットの多い狩猟服をきてた。

草野心平はあくまで詩人だった。出迎える時相好《そうごう》を崩してうれしがり、別れる時は実にさびしそうな悲しい表情をした。

長く詩作から遠ざかっていた黄瀛だが、心平と旧交を温めるうちに、再び詩作をするようになっていた。心平と別れる際に、黄瀛はいくつかの詩を託した。心平を介して、黄瀛の詩は再び日本の雑誌に掲載されるようになった。最初に掲載されたのは「心平への戯れ言」（『人間』一九四六年七月号）で、冒頭はこんな内容である。

詩をかかない人が詩をかかうとしてゐる
夜ふけぐつすりねむられるのにねないでゐる
風がさばさば月明りの南京の市街をのしてゐる
タバコのけむりが卓上燈をぼんやりさせる
ねむられぬ草野はどうしてゐるだろう
ねむられる黄は詩をかかうとしてゐる
赤い花とか白い花とか
軍事とか制度とか国際関係とか
とにかく理智がさえざえ感情をおさへつける
窓の中でのびのびしてる

八年間のたのしい夢と苦しい夢がアクビをする
若々しい心もちが老人じみてゐるらしい
詩の中で、詩の外で……
かつて詩人であつた黄
今も詩人でありすぎた草野心平
ある時代のダイナミツクなものがゴンとオレを打つ
ねむられぬ草野には妄想が多からう

詩作しようとしたが、思うように言葉が出てこない。そんなもどかしさを感じさせる詩だ、久しく詩から遠ざかっていたブランクを感じさせる。母のことば＝日本語で自我を形成した黄瀛にとって、日中戦争勃発による日本との訣別は悲痛なもので、そのことにより日本語で詩をつくることを封印した黄瀛だが、日中間の戦争が終わり、詩友である草野心平と再会することで、詩を作ろうという意欲が再び湧いてきたと推測される。

李香蘭を救う

中国にいた日本人は、必ずしも皆スムーズに帰国できたわけではなかった。李香蘭もその一人である。一九三一（昭和六）年に満州事変が勃発し、翌年日本の傀儡政権である満州国が作られた。その翌年、「満州新歌曲」を歌う李香蘭がデビューした。当初譜面が読めて日本語がわかる中国人少女を捜したが、その条件を満たす歌手は見つからなかった。そのために、満州にいて北京語に堪能だった山口淑子《よしこ》が「中国人」としてデビューすることになった。以後大陸ブームが起こり、大量に国策映画がつくられたが、李香蘭は満州映画協会に所属し、女優・歌手として脚光を浴びた。「支那の夜」「夜来香《イエライシャン》」「蘇州夜曲」など、李香蘭の歌は次々にヒットした。[*31]

発音が中国人ばりとあって、敗戦後中国人から祖国の裏切者＝漢奸とみなされた。日本人だといっても信じてもらえず、帰国できなかった。中国人の間では「死刑になる」といううわさが広まり、李香蘭は裁判で無実を証明しようとしたのである。李香蘭自身「漢奸の罪を許すと言われましたけれど私は漢奸ではありません。李香蘭という中国人の芸名で女優活動をしてまいりましたが、私は日本人、本名は山口淑子です。日本の国策には協力したけれど、それは私が日本人だったからです。そのことをはっきりさせるために取調べを受け、裁判を待っているのです」と述懐している。[*32]

そのときに、救いの手を差し伸べたのが黄瀛である。青島日本中学校の一年後輩（六回生）として親しく交わり、敗戦直後上海にいて中国税関に勤めていた矢野賢太郎は次のように証言している（「黄瀛先輩との交遊」）。

終戦の翌年の春、五回生の黄瀛先輩が訪ねて来てくれました。昭和5年東京阿佐ヶ谷の彼の家で会ったきりなので十五年ぶりですが、入口に彼が姿を見せたときすぐ分りました。軍服に身を包んでいましたが、ちっとも変っていません。陸軍特別高級参謀、少将と云う肩書でした。（中略）

或る日黄君のところに川喜多氏と李香蘭が訪ねて来て同席しましたが、李香蘭は中国人で漢奸だと云うことでどうしても日僑管理処からの帰国許可が出ず困っていたのを日本人であることを黄君が証明したのでやっと帰れるようになったそのお礼を申述べに来たのです。（川喜多氏も山口淑子の父親も今福岡に居られる同文書院の影山先生と同期の北京同学会出身と聞いています。）

それでは歌を一曲所望したい、あなたの一番思い出の深いのをと云う黄君の求めに応じて、彼女は夜来香を歌ってくれました。中国語では可成りの自信を持っていたのですが彼女の発音を聞くとゆらぎました。もっとも中国語にかけた年月で云えばはるかに差があるので僅かに自らを慰めた次第です。[*33]

「川喜多氏」とあるのは川喜多長政のことで、映画製作者・輸入業者として活躍した。一九三九年三月、中支那派遣軍から中国占領地に映画を供給する会社の設立を依頼され、中華電影股份有限公司を日中合弁で設立した。一九四二年には上海の映画製作会社を統合して中華聯合製片股份有限公司が作られたが、董事長（社長）に汪兆銘政権の宣伝部長で草野心平の親友・林柏生が、副董事長に川喜多が就任している。やがてつくられた「万世流芳」には李香蘭が出演し、主題歌「売糖歌」と共に李香蘭をスターダムに押し上げた。[*34] 川喜多は李香蘭の裁判で釈放に尽力したが、黄瀛が救いの手を差し伸べなければ李香蘭は日本へ帰れなかった可能性がある。[*35]

岡崎嘉平太《かへいた》との出会い

日本人の帰還業務を担当していた黄瀛は、上海にあった大使館に参事官として勤めていた岡崎嘉平太にも会っている。岡崎の回想によれば、一九四六年四月一〇日のことだった。大使館が金を隠しているという疑いがあり、何応欽総司令から取り調べるようにとの命令が黄瀛に出て、岡崎は黄瀛の宿舎に出かけ弁明した。疑いが晴れたわけではなかったが、岡崎は帰宅を許され、四月二三日、上海から出た帰国船で日本へ帰還することができた。だが、上田公使は逮捕され、獄中に入れられ、八か月ほど後に釈放されて帰国した。[*36] 岡崎嘉平太は上海地区の接収を担当した第三方面軍総司令官・湯恩伯《とうおんぱく》から「中国にある日本民間人の所有物質は、戦時補償に充てるのであるから、中国の正統政府に渡して欲しい」という言い渡しを一九四五年一〇月九日前後に受けており、引渡し財産の調査票三通を作成して産業処理局に提出、接収を受けた[*37]が、それでもなお国民政府に疑われていたと推測できる。

第三節　『改造評論』をめぐって

『改造日報』の創刊

黄瀛の詩は、改造日報社から出た『改造評論』創刊号にも掲載されたが、まず『改造日報』について紹介する。『改造日報』は一九四五年一〇月一五日に創刊された。当時まだ約一〇万人の日本人が上海にいて、その人々が読者となった。記事は中国国内に関しては中国人記者、日本の問題に関しては日本人記者が担当した。国民政府と中国陸軍の後援により発行されたもので、上海日本人居留民に対する正確な報道と情宣活動を目的とした。*38

島田政雄は記者の一人として活躍した一人である。島田は一九一二年生まれ。日本で左翼運動をしていたが、治安維持法で検挙され、獄中に入れられた。武田麟太郎が主宰した『人民文庫』で健筆を振るったが、一九三八年『人民文庫』は廃刊を余儀なくされ、武田は軍隊に徴用された。落胆した島田は同年、アジア自治協会が募集していた「中支民衆工作員」として上海の土を踏んだ。中支工作員は、日本軍に付属した宣撫《せんぶ》班に属していた。宣撫班とは日本軍と中国の民衆とのいわば調整役で、治安維持会を組織したり、物資の購入、医療などの任務に当たった。宣撫班には島田のように、かつての共産主義者が多くいて、島田の名前は米軍が所有していた「在華左翼転向者名簿」に記載されている。*39

中国語に堪能な島田は、一九三九年に日本陸軍が主導して設立した軍需会社である昭和通商から中国関係の調査をする仕事をもらい、糊口《ここう》をしのいだ。合間に中国文学を読み、「志摩」というペンネームで『大陸新報』に寄稿したが、島田は国策機関で働きながらも自身が信じる思想を捨て去ることができず、上海で再び入獄する憂き目にあっている。そうした中で島田は一九四五年八月一五日、勤務先の海軍警備地区保甲事務所で天皇による玉音放送を聞いた。自由にものが言える時代が来たと直感した島田は早速行動を起こし、中尾勝男に誘われて在上海日本人コミュニストグループに参加した。中尾は元々日本共産党最高幹部のひとりであり、プロレタリア文学の傑作徳永直の『太陽のない街』のモデルとされた人物である。グループには他に、朝日新聞上海支局の菊地三郎、上海領事館の刈谷久太郎、同盟通信の斉藤玄彦など治安維持法で辛酸をなめた人々が集まった。[*40]

グループには当初から具体的な目標があった。活動は岡野進（日本共産党・野坂参三のペンネーム）が四月、延安で行った「民主日本の建設」を指針とし、重慶で反戦運動を展開した鹿地亘と連絡を取り、中国共産党と連携することが確認された。[*41]八月末、湯恩伯上将に率いられた中国陸軍第三方面軍が上海地区の接収にやって来て、日本軍を武装解除した。日僑管理処を設けて日本人居留民を管理下に置いた他、日本軍の監督下で日本人向けに発行されていた『大陸新報』を接収、替わりとして日本人居留民・日本人兵士を教育する目的で改造日報社が設立されたのである。湯恩拍から社長に任命された陸久之《りくきゅうし》は一九〇三年湖南省生まれ。妻は蒋介石と結婚したことがある陳潔如《ちんけつじょ》の娘・蒋瑶光《しょうようこう》である。一九三〇年に日本に留学し、周恩来の下で地下工作を担ってきた経歴があった。陸は中尾勝男を顧問格として雇い入れた他、島田政雄などコミュニィストグループを改造日報社社員として留用した。日本との戦争に勝利した当時は、まだ国民党と共産党とが団結して日本を倒したという一体感が残っており、陸久之のような両党を橋渡しできる人材が重用されたと推察される。

『改造評論』の創刊

日本国内は敗戦による混乱が続いていたが、上海は第三方面軍日僑管理処により治安が比較的保たれていて、内山完造を代表委員とする自治会がよく機能していた。中国人には日本軍に憎しみを持つ者が多くいたが、蔣介石は戦争は軍部が主導したもので、一般の民衆には責任がない。仇を仇で返してはならないとし、そういった行為は罰するとした。居留民の不安は解消され、日本人は引揚げまでの日々を安心して過ごすことができた。そうした中で、『改造日報』が果たした役割は大きかった。[*42] 島田政雄は日本の民主化を目指し、「日本民族の生きる道」「復員教育の課題」などと題して書きまくった。改造日報社は日刊紙の他、『改造周報』やハンドブックとして、『日僑帰国案内』などを刊行した。

翌一九四六年三月一八日、鹿地亘が夫人の池田幸子、二人の子供を伴って改造日報社に姿を見せた。[*43] 上海租界に住んでいた鹿地は日中間に戦争が勃発すると香港を経て武漢に逃れ、一九三九年末から四〇年にかけて桂林・重慶で日本人反戦同盟を組織するなど抗日戦線での功績が大だった。鹿地は改造日報社に留用された日本人にとって英雄だった。そうした功績に報いるため、『改造日報』は鹿地亘のインタビュー記事を掲載し、「鹿地亘の抗戦十年」という座談会記事を掲載した。[*44]

日本への引き揚げ船は一九四五年一二月より運行が開始され、次第に引き揚げ船の輸送は活発化した。[*45]上海在住日本人は次第に減少し、居留民向けに発行した『改造日報』の役割は小さくなっていった。

だが、島田政雄らは上海に留まる覚悟でいた。新中国の文化を日本に紹介し、日本を民主化するための雑誌『改造評論』の編集という新たな仕事に取り組んでいたのである。『改造評論』の創刊を伝える紙面には、『改造評論』の使命を「中日両民族が新しい歴史の基準たる平和、民主、進歩の基準の上に真面目な切磋《せっさ》と理解を通じて相互の新しい再結合を促進する媒介者となり、更にアジアの民主と進歩を通して世界の平和と発展に貢献せんとするものである」と記されている。[*46]

上海には続々と文化人が集結していた。島田は康大川《こうだいせん》と馮乃超など多くの文化人に会った。康大川はかつて早稲田大学に学んだことがある。日中戦争勃発後重慶へ行き、郭沫若の主宰する政治第三庁に属したため、国民党の特務にさらわれ投獄された経歴を持つ。同じ牢に投獄されていた日本兵が後に作家となった駒田信二だった。[*47]康大川は後に『人民中国』編集長として活躍した。一方の馮乃超は幼児から日本で育ち、京都帝大・東京帝大で学ぶかたわら郭沫若をリーダーとする文学結社創造社に参加、詩人・評論家として活躍した。中国共産党には若い時期に入党している。[*48] 康大川と馮乃超は一九四六年四月、上海にやって来たが、中国共産党で対日工作を任務とするふたりは島田政雄など、改造日報社日本人グループと密接に付き合うようになった。

一九四六年一月には、重慶の政治協商会議で「和平建国綱領」が採択されていた。政治協商会議には国民党（八名）、共産党（七名）、青年党（五名）、民主同盟（二名）、無党派（九名）と党派が勢ぞろいしていた。[*49] 党派の枠を超えて、新しい国を建設しようという息吹が満ちていた。『改造評論』創刊号は、中国民主革命の証「和平建国綱領」を大きく取り上げることにその使命があった。

だが、次第に国民党と共産党との衝突が激化した。日本の敗戦に伴い、傀儡政権である汪兆銘政権が瓦解し、三つの中国が二つの中国となった。元々蔣介石をリーダーとする国民党は反共の色彩が濃かったが、共通の敵である日本を倒したことで両党の対立が鮮明になったのである。一九三六年の西安事件後両党の合作が実現したが、一九四一年初頭、安徽《あんき》省南部で国民党軍が共産党の新四軍を襲撃した事件（皖南事件）が起こるなど、しばしば内戦状態に陥っていた。日本の敗戦時に蔣介石は、主導権を握ろうとして共産党に対して、「現在地に駐屯して命令を待て」と伝達したが、八路軍などを率いた朱徳らはこの命令を拒否したといういきさつがあった。

同年三月に開催された国民党の第六期二中全会では、政治協商会議決議案を骨抜きにする決議が採択され、内戦の危険が高まっていた。そのため、『改造評論』創刊号には、政治協商会議決議案が資料として九頁にわたり掲載されるにとどまった。一九四六（中華民国三五）年六月に発行された創刊号には上海在住の日本人を統括した湯恩拍が文章を寄せており、中国文化人三三名による「対日箴言《しんげん》」、郭沫若の「蘇聯紀行」（翻訳）、夏衍《かえん》の「細菌」（翻訳）、「上海自然科学研究所を語る座談会」などが掲載されている。湯恩拍の文章の次には、立石峻が「所謂《いわゆる》『支那事変』の侵略的性格」という文章を寄せており、「今日我々の課題はかくして「支那事変」が日本によって発動された帝国主義的戦争たる性格を確固として把握すること、一切の帝国主義戦争を阻止するために広範な勤労者階級の力によつて民主的日本を建設することに集中する。邪悪に充ちた「支那事変」が日本の進歩的階級層に与える教訓は実にこのことである」と結んでいる。[*50]

堀田善衛《よしえ》と黄瀛

作家の堀田善衛も『改造評論』創刊号に寄稿した一人である。堀田は国際文化振興会に勤めていたが、一九四五年三月一〇日、東京大空襲に遭遇。焼け野原を歩くうちに日本から脱出したくなり、五月に上海へ渡った。当初上海で雑誌編集に携わる予定だったが、紙不足とインフレで立ち消えとなり、写真家名取洋之助が関係していた文化団体の世話になりながら、毎日上海の街を歩き回った。友人の武田泰淳と旧知の草野心平を南京に訪ねたりもしたが、日本の敗戦後は国民党中央宣伝部対日文化工作の徴用に応じ、上海に留まっていた[*51]。『改造評論』編部とは早期に接点があり、堀田は「希望について」という文章で「希望は、地獄からだけしか生れないものであるといふことを我々は一体何時の間に忘れて終つたのであらう。かういふ点に関しては文学者も同罪である。目先は真暗であつてこそはじめて希望というものは存在し得るのだ[*52]」と書いている。

堀田に原稿依頼をしたのは島田政雄だった。そのことを尋ねた私に、島田は「私たちの考えを熱心に伝えるため何度か会ったのですが、堀田さんはそういった考えを受け付けないようでした。もっとも、私たちのように共産主義を信じている方が特殊だったかもしれません」と冷静に分析している。一九四五年一一月一五日付の日記には、堀田が島田に感じた違和感が次のように記されている[*53]。

午後Tのところへゆく。僕は半分位ゐ忘れたことにしてゐたかつたのだが、島田政雄氏と会田さんがやつて来て、研究会のやうなものになつた。S氏は蔵原惟人《くらはらこれんど》の「芸術論」これが最高のものだと云ひ、これのみを信じてゐると云つた。それからS氏は、明治以来の文学を氏の云ふところの「歴史的社会的価値」なるものによつてしらべた文学の番付けのやうなものを見せた。僕はかかるものを作製せんとする非文学的な情熱に驚嘆した。ともあれ、今後はかかるものがまた文学の世界に侵入してくるのかと思ふと、大変につまらなく思つた。S氏は領警の監獄に半年入つてゐたといふ。又お母さんが御病気だとのことで心配さうであつたが、さういふ母子の情の美しい小説をこの人は書けるかどうか、僕は疑ひたいやうな気持の方が多い。（中略）

S氏流の文学理論は、日本では決してさかんにならぬことを自分は確信する。日本の文学の生命をかけて確信する。

島田政雄は詩人の会田綱雄と共に堀田に会ったが、島田（S氏）の文学観を堀田は全く受け入れることができず、嫌悪感さえ抱いていたことがわかる。両者の話し合いは物別れに終わっている。とはいえ、堀田は島田の原稿依頼には応じた。同日記の一九四六年二月二四日に「島田政雄氏などと色々話す」[*54]とあるから、この時期に原稿依頼をしたと推測できる。「反省と希望」と題した原稿では、次のように記している。

日本投降後、既存の一切のものに「偽」といふ名称がかぶせられた。まことに適当な言葉であると私は思つた。殊に文化的なものの多くは、全く偽物であつたとしか思へない。それで何故に偽であつたかを今はもう云ふ必要もないであらう。この点について、ここ数年間に中国に来訪した日本の諸文学者も、皆ひそかに異口同音に偽でしかないことを嘆ゐていたことを私は明言したい。良心ある日本の文学者は皆真実に憂慮し、焦慮してゐたのである。今更云つても詮ないこと乍ら、大東亜文学者大会なるものも表面的、或は全面的に日本の侵略思想の合理化のために催ほされた官製或は軍製のものであつたかもしれないが、文学者個人個人の内心には、何とかしてこの歪んだ中日関係を、せめて文学の分野に於てだけでも是正したいといふ悲しい願ひは燃えてゐたのである。しかし統制は絶対的であつた。もう弁解はすまい。

堀田はさらに、「日本の失敗は政策を第一に立てて文化をその追随者たらしめたことにある」と書く。敗戦を上海で迎え、価値観の逆転に出くわした知識人の素直な心情の吐露だ。堀田は後に、中華人民共和国成立後の上海を来訪し、敗戦の記憶を織り交ぜながら『上海にて』を書く。作家としての再出発を上海での体験を基に果たしたのである。

私からの手紙での問い合わせに、堀田は上海で国民党将校だった黄瀛と二度会ったと述懐した。[*55]堀田は草野心平と親しく、心平から黄瀛のことを聞いていた。若い頃堀田は詩を書いており、かつて日本語で詩を書き、名を馳せた黄瀛に関心があった。『堀田善衞　上海日記』では一九四五年一〇月二九日に次の記載がある。[*56]

詩人、今は陸軍少将、黄瀛氏は、日本人の考へ方、見通しがあまりにも甘過ぎると云つて心配してくれてゐるさうだ。まことに三十代、二十代の、日本に対して決定的徹底的な憎しみを持つてゐる中堅青壮年が多く帰つて来たら、どんなことになるか。今は何応欽司令の選になるところの、日本と日本人或は日本語を多少とも知つてゐる人達が来てゐるのだとゐふ。

当時の上海の情況が垣間見れる記述である。黄瀛の姻戚である何応欽は上海在住日本人の安全を配慮し、黄瀛など日本に理解のある中国人を選んで上海に配置した可能性が大きい。総司令の何応欽自身、日本の陸軍士官学校を卒業した日本通だが、何応欽のこうした配慮があって初めて、日本人の安全が保たれたと推測できる。

『改造評論』に黄瀛の詩が掲載

『改造評論』創刊号には、黄瀛の詩「跳六笙」「山から来た男」が掲載されている。「山から来た男」は、こんな内容である。

山から来た男は賢い奴に愚かさを見る
山から来た男は
市街のまん中で
大きな大きなアクビをする

何ものにふれても唯ヒンシユクするばかり
無為に逃がした過去の人間性を
これからの世界にしつかと生かそうと
のそりのそり歩きまはる
考へつゝ歩きまはる

この詩には、戦争で喪失した人間性を回復しようとする意志が垣間みれる。戦争により詩作をやめていた黄瀛は、前述した通り草野心平と出会い、再び詩をつくりはじめていた。どういう経緯でこの詩が掲載されたのか。私は一九九六年八月三一日、宮沢賢治生誕百周年祭に招かれ、来日中の黄瀛を宿泊先の八重洲富士屋ホテルに訪ね、尋ねたが覚えていないという。『改造日報』や『改造周報』の記憶はあったが、『改造評論』創刊号の記憶はなかった。一方、島田政雄にも尋ねたが、黄瀛には会ったことがなく、詩の掲載の記憶もなかった。

私は馮乃超《ふうだいちょう》が関与したと推測する。馮乃超は改造日報社の日本人グループと深く関わっており、康大川と共に、『改造評論』の編集を指導する立場にあった。黄瀛は若い頃、日本の雑誌に馮乃超の詩を翻訳して掲載したことがある。私が馮乃超の名を口にすると、黄瀛は笑うばかりで、否定も肯定もしなかった。

黄瀛は若い頃、同じ四川省出身の郭沫若を尊敬し、それ故に郭沫若をリーダーとする文学結社・創造社に参加した詩人たちの詩を率先して翻訳したが、一九四六年夏、初めてパーティで初めて本人に接した。郭沫若が権力者にはこび、地位のない者に威張る姿を見て黄瀛は幻滅し、名乗らなかったと述懐した。一方、島田政雄の郭沫若に対する印象は悪くなかった。その頃一番訪れたのが郭沫若邸で、郭沫若は佐藤をとみと別れた後に結婚した于立群夫人の手料理でもてなしてくれた。「私にはとても温かい人のように思えました」と島田は述懐する。[*57]

島田政雄の帰国

黄瀛は『改造評論』には、積極的に近づかなかったと推測できる。かつて魯迅と接触した際に、人を介して魯迅との接触をやめるよう忠告されたことが頭をよぎった可能性がある。国共内戦の危機が迫ってきていた。

一九四六年一〇月。『改造評論』第三号の編集を終えた島田政雄は中尾勝男から、陸久之社長の話を聞かされた。各方面から『改造評論』が共産党だという密告が、湯恩拍上将になされた。

総軍司令官だった岡村寧次が、国民党国防部長・何応欽に「『改造日報』は共産用の代弁者だ」と抗議しており、改造日報社の発信する言論は国民党に不利で、陸久之社長を更迭させようという動きが活発化しているとのことだった。[*58] 岡村は何応欽と懇意であり、二人はともに反共では一致していたため、何応欽はすぐに対応した。

一一月、国民党軍が島田の家に突然入って来て手錠をはめ、仮留置場にぶち込んだ。そこには改造日報社の仲間がいた。翌朝皆がジープに乗せられ、乗船地に運ばれた。着いてみると、それぞれの家族の姿があった。陸久之や中国人スタッフもいた。やがて日本へ強制送還されることになり、アメリカの軍用船に乗った。香港、基隆を経て一一月二九日、佐世保港に到着した。[*59]

島田をはじめとする改造日報社のメンバーは、帰国後日中友好運動を推進することになる。敗戦後の上海での日々が彼らの後半生を決定したといっても過言ではない。

第四節　辻政信との出会い

国共内戦

一九四六年一月、国民党以外の党派にも平等な地位を認めた政治協商会議が重慶で開催され、国民政府改造問題、国民大会召集問題などが話し合われた。だが、やがて国民党内で多数を占めた右派が党として政治協商会議の取決めを破棄すると声明。民主同盟のリーダー・李公僕《りこうぼく》が国民党特務に暗殺されたほか、民主党派による雑誌が次々に廃刊に追い込まれ、国民政府が重慶から南京に移った同年五月頃には内戦が避けられない状態になっていた。

国民党宣伝部に留用されていた作家・堀田善衞は当時の中国を「惨勝」という言葉で表現している。日本との戦いには勝ったものの、勝利に酔っていられない厳しい現実があった。上海の無政府状態や国民党政治の腐敗ぶりを堀田は、「私は、ある小さな工場の接収風景を現実に見た。産業は接収の如何にかかわらず操業を継続すべく命じられていたが、それは不可能であった。先ず、重慶から、と称する接収員が軍隊をつれてやって来た。その接収員が質問を発した。第一、『金庫はどこにあるか』第二、『在庫はどれくらいか』第三、『車輌は何台か』第四、『所有者（日本人）の所在如何、どのくらい金をもっていると思うか』。彼等はこの工場を『敵偽財産』として接収し、国有国営とする旨を宣言し、封印をした。労働者たちは、漢奸か暴民のような扱いをうけた。そして金目のものはぜんぶ車輌で運び出して売りとばした。製品はいうまでもなく、原料、機械類潤滑油まで売った。車輌はもとより、運び出されたものはもどって来なかった。それっきり、音沙汰がなかった。国有国営というけれども、国とはいったいどこにある何なのか、見当もつかなかった。操業は当然停止し、工場は、荒廃した。労働者は街頭にさまよい出、何かの機会があれば本式の暴民にならざるをえない。それからしばらくすると、正式の接収員が来た。先の接収者は、旧南京政府の悪漢どもであり、彼らのつれて来た軍隊は偽軍である、ということになった[*60]」と書いている。

辻政信との出会い

やがて、国民党と共産党との内戦が勃発するが、この時期に黄瀛に会っている人物がある。日本軍高級参謀だった辻政信である。敗戦をタイで迎えた辻は従軍僧に扮して翌年中国に渡り、国民党の俘虜となった[*61]。参謀としての経験を買われ、辻は毎日、新聞や雑誌を丹念に見ながら、「第三次大戦に関する観察」「ソ聯の軍事工業能力」などの構想をまとめた。米ソが今後どういう動きに出るかを国民党は知りたがっていて、辻にその分析をさせたのである。黄瀛はその監督者のひとりだった[*62]。

ふたりはよく話をした。母親が日本人で、かつて詩人として名を馳せたことを辻は聞かされた。黄瀛は相変わらず少しどももっていて、「中国語の下手な中国人」だった。一つがいの鳩を飼っていて、「軍用鳩の権威」は健在だった。

なお、当時黄瀛の庇護者である何応欽は蒋介石から冷遇されていたと推測される。一九四六年五月国民政府では国防部が成立し、部長に白崇禧《はくすうき》、参謀総長に陳誠が就任した。一方で、軍事委員会と陸軍総司令部は廃止され、何応欽は罷免された。何応欽はその後アメリカに行き、連合国軍事参謀団の中国軍事代表団団長を務め、[63]一九四八年三月に帰国している。辻政信が黄瀛に会ったのは一九四六年九月以降のことで、辻は「主任の黄少将は日本文で詩集を著はした文化人で、中国語の下手な中国人であつた。また油絵が好きで、毎日絵筆を揮ひながら横目でタイピスト嬢を眺めてゐる。何応欽将軍の親戚ではあるが、陳誠一党で固められた当時の国防部では、この背景は寧ろマイナスであつた。人の好いのが何よりの取柄である」[64]と記している。黄瀛は微妙な立場にいたと推測できる。

辻の眼には国民党がおごっているように思えた。重慶から南京に来るや、国民党は住民から家を取り上げたり、ゆすりを始めたりしたのである。やがて蒋介石をリーダーとする国民党は共産党との戦いに敗れ、台湾に敗走した。国民党の敗戦は、黄瀛の人生を暗転させた。

〈注〉

＊1　昭和二七年二月（日付不明）の中国新聞に掲載された。「あなたはいまは台湾で御健在なのでしょうか」と記されている。
＊2　東京詩人クラブ編『戦争詩集』（昭森社、一九三九年）一〇七頁。
＊3　当時『文藝』の編集者をしていた高杉一郎（本名：小川五郎）に私は一九九八年、インタビューしたが、黄瀛に関しては草野心平から聞かされていたと語った。
＊4　中央大学人文科学研究所編『民国後期中国国民党政権の研究』（中央大学出版部、二〇〇五年）二八一―二八二頁。
＊5　日中戦争終結まで、日本占領地に多くの傀儡政権ができたが、その件に関しては広中一成『ニセチャイナ』（社会評論社、二〇一三年）で詳しく検証されている。
＊6　杉森久英『人われを漢奸と呼ぶ――汪兆銘伝』（文藝春秋、一九九八年）二三八頁。
＊7　松本重治『上海時代（下）』（中央公論社、一九八九年）三〇一―三〇二頁。
＊8　小林英夫『日中戦争と汪兆銘』（吉川弘文館、二〇〇三年）四九頁。
＊9　草野心平『続・私の中の流星群』（新潮社、一九八七年）三〇―三一頁。
＊10　北条常久『詩友　国境を越えて』（風濤社、二〇〇九年）六〇―六一頁。
＊11　亀井文夫『たたかう映画』（岩波書店、一九八九年）参照。
＊12　同右三九頁。
＊13　私は一九九三年、亀井文夫の長男で、渋谷区神南で古物商「ギャラリー東洋人」を営む亀井節にインタビューしたが、節は文夫から黄瀛のことをよく聞かされていたと証言した。亀井文夫、岡田美都子、金窪キミらは黄が中国で不遇だった一九五〇年代から六〇年代にかけ「ギャラリー東洋人」に集い、たびたび黄を援助するための相談をした。
＊14　亀井文夫『たたかう映画』（岩波書店、一九八九年）九二頁。
＊15　文化学院史編纂室『愛と叛逆――文化学院の五十年』（森重出版、一九七一年）六〇八頁。

＊16 文化学院史編纂室『愛と叛逆――文化学院の五十年』（森重出版、一九七一年）二八七頁。
＊17 同右五一二頁。
＊18 同右四一〇頁。
＊19 たとえば、一九八二年一一月三〇日付読売新聞は「日中の血!! 幻の詩人!! 黄瀛 数奇の半世紀待望の名詩集復刻」と、第二詩集『瑞枝』の復刻版出版を報じている。
＊20 鄭振鐸、安藤彦太郎・斎藤秋男訳『書物を焼くの記』（岩波書店、一九五四年）一九五頁。
＊21 髙綱博文『「国際都市」上海のなかの日本人』（研文出版、二〇〇九年）二八七頁。
＊22 何応欽『中日関係と世界の前途』（正中書局、中華民国六三年）三二六―三二八頁。
＊23 今井武夫『支那事変の回想』（みすず書房、一九六四年）二六六頁。
＊24 草野心平『凸凹の道――対話による自伝』（日本図書センター、一九九四年）一〇五頁。
＊25 草野心平『続・私の中の流星群』（新潮社、一九八七年）二二五―二二六頁。
＊26 今井武夫『支那事変の回想』（みすず書房、一九六四年）一二三四頁。
＊27 同右二六七頁。
＊28 紅野謙介編『堀田善衞 上海日記』（集英社、二〇〇八年）三五頁。
＊29 中央大学人文科学研究所編『民国後期中国国民党政権の研究』（中央大学出版部、二〇〇五年）一九六頁。
＊30 『歴程』第三六九号（一九九〇年二月）一五四頁。
＊31 李香蘭の経歴に関しては、山口淑子・藤原作弥『李香蘭 私の半生』（新潮社、一九八七年）参照。
＊32 同右三七三頁。
＊33 『詩人黄瀛 回想篇・研究篇』（蒼土舎、一九八四年）四〇―四一頁。
＊34 小林英夫『日中戦争と汪兆銘』（吉川弘文館、二〇〇三年）一二九―一三〇頁。
＊35 二〇〇〇年七月九日、千葉県銚子に日本で初めて黄瀛の詩碑が建てられ、私はその除幕式に参列したが、山口淑子はその際に祝電を送って来た。黄瀛に対する感謝の気持ちからと推測する。

＊36　岡崎嘉平太『私の記録』（東方書店、一九七九年）九八―九九頁。
＊37　髙綱博文『「国際都市」上海のなかの日本人』（研文出版、二〇〇九年）二九六頁。
＊38　紅野謙介編『堀田善衞　上海日記』（集英社、二〇〇八年）三三頁。
＊39　島田政雄の経歴に関しては、島田政雄『四十年目の証言』（窓の会、一九九〇年）と私が一九九八年にインタビューした記録に拠っている。
＊40　島田政雄『四十年目の証言』（窓の会、一九九〇年）一三頁。
＊41　同右一四頁。
＊42　髙綱博文「最後の上海日本人居留民社会――上海「日僑集中区」の実態（髙綱博文『「国際都市」上海のなかの日本人』所収、研文出版、二〇〇九年）で、詳しく検証されている。
＊43　島田政雄『四十年目の証言』（窓の会、一九九〇年）二〇頁。
＊44　同上二一頁。
＊45　髙綱博文『「国際都市」上海のなかの日本人』（研文出版、二〇〇九年）三一九頁。
＊46　『改造日報』中華民国三五（一九四六）年六月二一日付。
＊47　島田政雄『四十年目の証言』（窓の会、一九九〇年）二三頁。
＊48　丸山昇・伊藤虎丸・新村徹『中国現代文学事典』（東京堂出版、一九八五年）二三〇―二三一頁。
＊49　『改造評論』創刊号（改造日報館、中華民国三五年）二五六頁。
＊50　同上二二頁。
＊51　紅野謙介編『堀田善衞　上海日記』（集英社、二〇〇八年）三八頁。
＊52　『改造日報』中華民国三五（一九四六）年一〇月七日付。
＊53　紅野謙介編『堀田善衞　上海日記』（集英社、二〇〇八年）八七―八八頁。
＊54　同右一三〇頁。
＊55　一九九五年三月二二日付の手紙による。私は詳しく上海での日々について聞きたく希望したが、体調不良とのことでかなわなかった。

＊56 紅野謙介編『堀田善衞　上海日記』（集英社、二〇〇八年）五九―六〇頁。
＊57 一九九八年私がインタビューした際に、そう証言した。
＊58 島田政雄『四十年目の証言』（窓の会、一九九〇年）五一頁。
＊59 同右五二頁。
＊60 堀田善衞『上海にて』（筑摩書房、一九五九年）一七五―一七六頁。
＊61 杉森久英『参謀・辻政信』（河出書房新社、一九八二年）参照。
＊62 私のインタビューに、黄瀛は辻政信が「自分の部下だった」と証言した。
＊63 菊池一隆『中国抗日軍事史　１９３７―１９４５』（有志舎、二〇〇九年）二一四頁。
＊64 辻政信『潜行三千里』（亜東書房、一九五一年）二七三―二七四頁。

第四章　半世紀ぶりの日本

第一節　四川外語学院教授

再び消息不明

一九四五年に草野心平と再会したことがきっかけで、黄瀛は再び日本語で詩を書きはじめた。『歴程』、『日本未来派』、『至上律』に詩や文章を発表した。[*1]

そのうち、『日本未来派』に発表された「手紙」は詩友の菊岡久利に宛てたもので、近況を報告した上に「それからこの手紙はあなた以外の人にもみせて下さい。何べんも死亡説を云はれた僕の健在のためにも」と記されている。[*2]

かつて追悼文を書いた広島在住の詩人米田栄作は、草野心平により黄瀛の生存を聞かされ、「追悼文の取消し」を中国新聞に書いた。その中で米田は追悼文の取り消しが遅れたことを詫び、「あなたはいまは台湾でご健在なのでしょうか、いつか草野氏にあなたの新しい消息を聞いてみたいと思っております」と結んでいる。[*3]

高村光太郎も心平から生存を聞かされ、伊藤信吉宛ての手紙で（一九四六＝昭和二一年四月二八日付）で「黄瀛君も健在の由、甚だ愉快です。いつかは又会える事でせう」と喜びを綴った。

他の友人たちも生存を喜び、黄瀛が詩を書きだしたことを喜んだ。

中国との間に国交がなかったせいもあり、黄瀛の消息は再び途絶えた。国民党の将校だった黄瀛は共産党の軍により捕虜になった後に裁判にかけられた結果、重労働の刑が課された。

一九五三年に復員し重慶に戻った黄瀛は当初、文盲《もんもう》一掃教育の教員となり、市民向けの識字講座で教えた。大躍進の時代（一九五八―一九六〇）には職を転々とし、市内の食堂の会計係となったり、小さな織物工場の運搬係となった[*4]。

その後『歴程』第七五号（一九五九＝昭和三四年六月発行）では消息未詳とされ、物故同人集として黄瀛の作品「会見」が掲載されている。

おそらくは草野心平との再会を詩にしたのであろう。こんな内容である。

むかしも今もこの人は　きりっとしている
人情は運命のまま　ころがったまま　そのまま
昔を今にするよしもなし
だまってる二人は昔とずい分ちがうわけである
思い出は　ここにぼんぼり色であるべき
少しうそ寒い秋の夜のきれぎれな言葉のやりとり
合致するものを見出しては　お互いおどろいてみる
この人は　やはり昔の如く眼をかがやかして

懸河の弁
その対照は　それにつれて眼を伏せて物を思ったりする
窓の下では　こおろぎが鳴いてる
ここにあなたがいる
ここに自分がいる
お茶をのみながらお茶のみ友達になれればいいと思うが——

二人は未だに若く　つつましく
お客さま同士の応対らしく
戦争後に戦争前の話に
お茶をのみ乍ら時を忘れる
夢の一瞬花の如しか
会ってしまえばお互いに胸がすうっとしよう
だまったまま　僕はみつめている　みつめられている

朝日新聞に黄瀛の消息が掲載

その約五年後、一九六二年三月一七日、朝日新聞学芸欄に次の内容の記事が掲載された。

黄瀛が故郷四川省で重病に苦しんでいる。特異な中国詩人として、自由に日本語を使い、故高村光太郎をはじめ、草野心平、木山捷平氏ら知己の多い人だ。戦後、中共側に捕われて、投獄十二年におよんだ、いま結核とリューマチにおかされ、その日の食物にもこと欠く暮し、収入もいまはまったくなく、再起は危ぶまれている。篤志家の方々の慰問をお願いしたい。

――黄氏は、一九二三年ごろ、青島の中学生だったが、『日本詩人』の新人募集に見事に合格、戦後の石原慎太郎のようにさわがれた。その後、独特な明るい主として青島周辺の風景描写で、『銅鑼』『歴程』の同人としても活躍した。（中略）黄の連絡先は香港九竜太子道三〇二C鄧昭勤氏（香港アメリカ領事館員）気付。

木山捷平はその新聞記事を読み、黄瀛が生きているとわかって興奮した。だが、獄から出ているらしいが住所がわからなかった。翌三月一八日、文面を簡単にしたハガキを書いた。余計なことを書いて黄瀛に迷惑がかかってはいけないと思ったからだ。そのハガキはつぎのような内容だった。

三月一七日の東京朝日の学芸欄に君の記事が出て快哉した。お互いに生きていてよかったなあ。ぼくは終戦をはさんで約一年間満州の長春にいた。君に偶然出会えないかと熱望したこともある。一九四六年無事帰国、それから十六年、今では白髪頭の好々爺になった。君は少々病気のようだが、具合はどうなのか。お母さんや何紹周夫人寧馨さんは無事か。長い長い戦争であった。別便で今日の東京の新聞を送る。

黄瀛の返事は、五月三〇日に届いた。やはり友人であった板橋区在住の関谷祐規[*5]より回送されてきた。

　木山捷平詩兄、香港の従妹経由で、君の三月十八日付のなつかしいおハガキ拝見致しました。昔乍らの木山式の字体と文、あの頃、東京のあの頃はたのしかった。そして今も忘れな草、はつきり眼に見えるが如く記憶してをります。此の三十年の数奇な生活、去年の末九死一生を得て、少し人生観も変つたし、出来得れば少しいい作品をかき残したいと思います。安藤君は元気ですか。ボウフラも年をとれば品のある年寄りになるでせう。きつと。北小路は？　練馬の住人の鼻にかけたハナメガネ、少しきこし召せばいい気分になるかしら？　今も。私はあの頃とすつかり違つた思想と生活の中に在ります。昔思へば銀座の柳、（こんな歌詞はありやなしや）若い頃の事は恥かしくて言ひ得ないように感じます。夜になりました。すつかり春になつたし、香ばしい夜の雰囲気！　その中で君へのこの手紙を書きます。なつかしい東京！　なつかしい文学の友達、一人ぼつちで四川は揚子江の上流、山の中で病気を養ひつつ、何のかんのと妄想をタクマシクしてをります。家内も元気子供が四人、孫が一人、嫁一人、妹達は今南米ブラジルの住人、あまり遠くていささかノレンに腕押し、の感じ。

文化学院時代の友人岡田美都子、金窪キミらへの黄瀛からの手紙は昭和三十年代から届き始めたという。やはり香港の従妹が仲介した。金窪は次のように述懐する（『日本橋魚河岸と文化学院の思い出』）。

黄さんからの戦後初めての手紙を受け取ったのはいつ頃であったか、戦後十年は過ぎていたと思う。四川重慶からであった。薄い紙にあの高村先生宛のもの、草野心平さん宛、井伏鱒二先生宛のものもあった。私と岡田さんは手紙のたびにあちこちに取次ぎをしていたが、返事を出してくれる人は意外に少なかったらしい。黄さんはもう過去の人なのか、中には黄さんと文通などしては息子の出世に障るといけないと真顔で言う人もあり、どっちもそれほど大物でもないのに用心深い人だ、と岡田さんと笑った。その頃は人はまだ自分の事で精一杯の暮らしであったのかもしれない。

一九六〇年頃の中国は、今よりもずっと貧しかった。少将だった黄瀛だが、捕虜となったことで生活の基盤を失った。獄中生活を終えたとはいえ、これからの生活に見通しは立たなかった。そのこともあり、黄瀛は古い友人に手紙を書いたが、金窪の述懐では返事は思ったようには届かなかったと推測される。そうした中で、新聞を読み即座にハガキをくれた木山捷平に黄瀛は変わらぬ友情を感じたに違いない。

黄瀛は切手代を浮かすために薄い紙を使って裏まで書き、岡田美都子、金窪キミ、亀井文夫らを介して手紙を渡してもらった。一つの封筒に六人から十人分の手紙が同封されていた。井伏鱒二、中川一政、草野心平、南條範夫らかつてつきあいのあった人々に宛てたものだった。師と仰いだ高村光太郎は一九五六（昭和三一）年四月二日、亡くなっていた。そのことを草野心平から聞かされた黄瀛は、「高村さんの思い出」で次のように書いた。[*6]

——かつて破格の待遇を受けた自分は、俗務と戦争の為に晩年の高村さんに何の慰めもし得なかった。こんなことを今しるせば無下の骨頂かも知れない。十三年前雲貴高原で私は所謂大逆の最後の一戦にあり、そして又人民の行列中に立ちかえっていろいろ数奇のある生活の中で、その中でいつも私は東京の友達や高村さんを忘れなかった。軍服をぬいで、一ケの平民として東京え行かう？　東京には高村さんがおられる！　併し高村さんは私を待たずに巨木の倒れるように仙逝してしまった。高村さんの死は私をしてアンタンたるものを感じさせる。一九六一年の冬から一九六二年の一月にかけて私も一ぺん死んで又生きかえった。高村さんなき日本を思うと、私の長年身にしてた東京へのあくがれも悲しい長い尾をひいてその光彩もさめはてた。

「いさの会」の発足

その頃中国との間に国交はなく、香港を経由したためか、手紙の往復にかかる期間はまちまちだった。まず、香港に住む黄瀛の従妹宛に手紙を出す。そこから飛脚を頼み、重慶まではるばる届けてもらう。江戸時代さながらの方法だったが、その方法でないと確実に手紙が届かなかった。

岡田美都子や金窪キミらは文庫本や衣服、ときには現金も送った。二万円までしか送金できなかったが、当時の二万円は大金だった。衣服を送る際は「古着」と書いて送った。

苦しいときの黄瀛を支えたそのときのメンバーに岡田美都子、金窪キミ、亀井文夫（映画監督）、関谷祐規（医師）、関戸栄次（証券会社勤務）、竹中郁（詩人）らがいた。ときどき皆で集まり、贈り物をどうするかを話し合った。正則中の同級生だった関戸栄次が中心となり、東上野にあった喫茶店「いさ」が拠点となった。関戸栄次の弟、関戸伊三郎夫人が店をきりもりしていた。「いさ」は伊三郎にちなみ、命名されたものである。

関戸栄次は法政大学で野球部主将を務めたが、詩とか文学とかにはあまり関心がなかった。画家となった伊三郎とは対照的な人物である。大学卒業後は満州で炭鉱関係の仕事をしており、長く黄瀛とは接点がなかった。風の便りに、黄瀛が中国で苦しい生活をしていると聞こえて来た。元々友人を大切にする人柄である。正則中で仲のよかった同級生は栄次を頼りに満州に渡り、仕事を斡旋してもらったほどだ。そんな栄次だから、黄瀛の苦しみをほうっておけなかった。文化学院時代の同級生など仲がよかった友人たちに声をかけ、黄瀛を救うために対策を講じたのである。そのあつまりは「いさの会」と呼ばれ、四年ほど続いた。[*7]

竹中郁は神戸に住んでいたが、ときどきは上京しその集まりに加わった。

亀井文夫はトランジスター・ラジオを送ったが、物珍しかったのだろう。部屋に三十人以上が集まって熱心に聴いている、という便りが黄瀛から寄せられた。黄瀛はテレビも欲しいから送ってくれとさらに要求してきたが、その要求は却下された。[*8]

空白が長く聞きたいことが多かったが、皆はそのことには触れず、当たり障りのない優しいことを書き送った。

木山捷平は、最初の手紙を仲介してくれた関谷祐規から黄瀛が人夫のような仕事をしていると聞かされた。

時が経過するにつれて、黄瀛から届く便箋の質がよくなった。やがて人夫から足を洗ったらしく、図書館で中世の詩の整理をする職に就いたと、金窪キミ宛の手紙には書かれてあった。

幻の詩人

中国は次第に豊かになりつつあった。「古着」と書いて竹中郁が贈った衣服が「汚い」といって送り返されてきた。手紙の往復にも時間がかからなくなり、お互いに三週間あれば受け取れるようになった。

東京オリンピックが開催された一九六四年、亀井文夫は渋谷に「ギャラリー東洋人」を開いた。最初は中国陶磁器などを扱ったが、「いさの会」のメンバーがよく立ち寄るようになった。黄瀛がもし亡命でもして来たら、そこを拠点として対策を考えよう。そんな話まで出た。

ところが、再び文通が途絶えた。一九六六年に起こった文化大革命が原因だった。中国国内は混乱し、外国とは没交渉となった。日本との関係が深く、日本の友人が多い黄瀛はそれが原因で再び獄に入れられたのである。

黄瀛の存在は、確認できなくなった。文化大革命では、実に多くの人々が犠牲になっている。数百万単位の人々が亡くなったとされるが、その実態が明らかになるのはだいぶ先の話である。しばらくは、情報が正確に日本に伝わってこなかった。

黄瀛はどうなのだろうか。日本の友人たちは心配した。日中戦争勃発後、国民党の敗北後、そして今度の文化大革命と、黄瀛の行方が知れなくなるのは三度目だった。そのために、黄瀛はいつの頃からは「幻の詩人」といわれるようになっていた。

岡田美都子へは、「ソ連と手を切ってから中国も豊かになって、人民の口にもおいしいものがたくさん入るようになり、美的な必需品も買えるようになった。そこで四川自慢の漆製品を贈ります」と手紙が来て以来、音信不通となった。その半年後、現物が届いた。

岡田美都子や金窪キミらは、時々会って黄瀛について噂していた。黄瀛のことだからきっと、生きているはずだ。二人はそう確信していた。

文化大革命の終焉

一九七一年七月、アメリカ合衆国大統領・ニクソンが訪中計画を発表。一〇月に開催された国連総会では、中華人民共和国に初めて中国代表権が認められた。中華民国＝台湾は二〇数年間守ってきた代表権を譲り渡した。翌年二月、ニクソンは中国を訪問した。米中共同声明が出され、台湾を中国の一部と認めると公表した。

同年八月、日本の田中角栄首相が中国を訪問、日中共同声明が出され、日中国交正常化が実現した。

毛沢東の威光をバックに中国の政治を動かしてきたのは、王洪文《おうこうぶん》、張春橋《ちょうしゅんきょう》、江青《こうせい》、姚文元《ようぶんげん》の四人組である。だが、一九七六年になり、周恩来に続き毛沢東が亡くなると四人組は逮捕され身柄を拘束された。文化大革命は終焉を迎えたのである。

毛沢東に信頼され新たに誕生した華国鋒《かこくほう》の政権は長く続かなかった。一九七六年四月、周恩来の死去に伴い起こった天安門事件で失脚した鄧小平が、一九七七年七月の第十期中央委員会第三回総会で復活したのである。鄧小平主導の下で、中国はそれまでと打って変わり開放政策に舵を切りはじめた。

黄瀛が四川外語学院教授に就任

中国が開放政策に舵を切った結果、黄瀛の運命は好転した。[*9] 家族一同無事という黄瀛からの手紙が岡田美都子や金窪キミらの友人たちに届くのは、一九七八年になってからである。手紙の内容からも中国の政情が大きく変わったことがうかがえた。手紙は一月あれば届いた。小包も送ることができるようになった。もはや飛脚の必要はなく、手紙を取り次ぐこともなくなった。

これまでの空白を埋めるように、堰を切ったように岡田美都子や金窪キミらに手紙が届くようになった。手紙で黄瀛は長男とその妻が医者で、息子の一人は四川省を流れるクリークを上下する舟に乗って生活していること、などを知らせて来た。やがて、重慶の四川外語学院で日本の近代文学を教える職に就いたという知らせが届いた。文化大革命終焉後出獄を許された黄瀛は暫くの間、重慶市人民政府参事室に勤務した後、四川外語学院に迎えられた。[*10] 岡田への手紙では教え子の女の子と並んで撮影した写真が同封されて来た。[*11]

この頃四川外語学院大学院で黄瀛に学んだ王敏は次のように、述懐している。[*12]

それ以前の先生は、定職を持たず、その日の生活も苦しかった。カゴに土を入れた天秤棒を担いで「土の行商」をし、生活費にあてていたという。

四川省の重慶市は当時、人口一〇〇〇万人近くの大都市で、市民が土を手にいれることは難しかった。というのは、二〇年ほど前まで重慶市民の生活の燃料は、主に石炭だったからだ。粉石鹸に適量の土を混ぜて丸い「石炭団子」にする。家庭主婦たちはこれを使って、有名な麻婆豆腐など四川料理をつくっていたのだ。

しかし、いくら需要が多くあっても、土の行商は重労働の割りに収入が少なかった。また「山城」と呼ばれるほどの重慶は、平らな土地が少なく、坂道が至るところにあり、自転車も乗れないほどで、重い荷物を担いで売り歩く苦労は想像にかたくない。

まる一日の行商に疲れ、赤くむくんだ肩をもみながらも、黄先生は一日三食を満足に食べられない暮らしを、人並みはずれたスケールでこう歌った。

またも冬瓜冬瓜
すっぱいのもかまわずに
飯をかっこみて
もの足れりとす

いつもいつも安く手に入れた冬瓜の食事に飽きるどころか、不足を不足と思わず、不自由を不自由と感じず、生来の食欲と格闘しながら、黄先生の理性的な洒落と生命力の強さが自在にあふれ出る。

詩人は、苦しい環境をも詩の舞台とし、詩の題材にしてしまう。詩心に富む先生にとっては、耐えがたい苦しみも、結局は詩遊びだったのかもしれない。

石川一成との出会い

一九七九（昭和四四）年春。中国政府の依頼で、神奈川県教育委員会から国語の教授が派遣された。四川外語学院へは、湘南高校の石川一成が赴いた。

石川一成は佐々木幸綱が主宰する歌誌『心の花』の同人だったので、黄瀛にとって文学の話ができるということで喜びもひとしおだった。初めてふたりが会ったのは、同年四月一二日である。黄瀛は、日本から届いたばかりだという宮川寅雄からの手紙をひらひらさせて執務室に現れた。[*13]

その後、意気投合したふたりは執務室でしばしば語り合うことになった。石川は家族を残して一人赴任した孤寂の身だった。戦後上海で草野心平と別れて以来、語りたくても語る相手がいなかったので、黄瀛は日本文学のことを中心に切れ目なく語り続けた。石川はその話を聞くのが好きで、専ら聞き役に回った。

長く使われずにいた日本語だったが、石川と話すうちに黄瀛の日本語力は次第に回復していった。黄瀛は母親の実家千葉県八日市場で小学生時代を過ごした。石川の出身も千葉県佐原と近かったので、余計ふたりは互いに親近感を覚えたと推察される。

石川はわずかに残る黄瀛の下総《しもうさ》方言を聞くうちに、ひとり異国で生活する孤独が癒されるのを感じた。今でこそ日本語を話す中国人は多いが、当時は状況が異なっていた。中華人民共和国が一九四九年に発足して以来、日本語の教育機関は中国国内にほとんどなかった。重慶では黄瀛と石川が先駆者であり、ふたりの授業は重慶での「日本語教育事始め」だった。
黄瀛は、石川一成に「あるカルカチュア」という詩を捧げている。次のような内容である。

四川生れの学生多ければ
『ナニヌネノ』、『ラリルレロ』話不清
先生これが修正、糾正に大わらわ

先生は東京ことば、もの静かに
一年生から三年生、そして教師らの
すべての視線を一身に集めて

先生、ここの暑さに和まずとかや
満身大汗、されど熱情十足
青葉の匂いがキャンパスをかこんだ

先生時には日本音楽のボタンを押す、奇術師の如く

学生ほほえんでこれに和して歌えば
窓外を走る火車の汽笛、突然ポー、ポー、ポー

先生、疲れを覚えず
学生、眼はり耳そば立てて
時は七十九年六月の某日某時

この詩を読んだ石川は感動した。中国のために、四川外語学院のために一生懸命尽くそうと思った。

その気持ちは黄瀛も同じだった。父の国＝中国と母の国＝日本との間に平和がもたらされたおかげで、中国で日本語を通しての友好が推し進められている。そのことに喜びを覚えた。ふたりは、研究科（大学院修士相当）に所属する十人の学生の教育に専念した。石川は日本語の講義を受け持ち、黄瀛は「日本近代文学選」「日本文学史」「日本の詩歌」を講義した。

十人の学生のひとりだった王敏（現法政大学教授）は、宮沢賢治の作品を翻訳するなどして日本で活躍中だが、一九九三年一月一〇日付朝日新聞に掲載された「感謝の出会い」というコラムでは、その頃のことをこう記している。

時は文化大革命終結直後の一九七九年、日本文学を専攻できるのは唯一この大学院のみであった。しかも院生は中国全土で十名！　まさに大河のなかの砂粒のような出発だった。文革の荒波が去ったばかりの中国は、今では考えられないほどの混乱と不安が渦巻き、渦中の若者には次代を生き抜くための思想・哲学が必要な時でもあった。

石川先生と日本の陸軍士官学校の卒業生でもあった詩人・黄瀛先生による教材ナシ、書物ナシ、学問文化の情報ナシ、のナイナイ尽くしの中での「手作り教育」が始まった。ある日。石川先生のガリ版刷りの教材に宮沢賢治の詩があった。「雨ニモマケズ――」である。私はその詩に仰天し、少なからず持っていた日本帝国のイメージに反して、人間にとって普遍的な生存規範、高い理想と信念を貫いていた日本人にめぐり合った！　との感動を味わった。

久し振りに石川一成という日本文学の話相手を得た黄瀛は、その喜びを岡田美都子や金窪キミに書き送った。岡田と金窪のふたりは手紙に対し、調子に乗るな、浮かれるなと返事を書いた。黄瀛は都合の悪いことはすぐに忘れるし、不用意に物をいうので人に嫌われることがある。やっと光が当たり始めた黄瀛だが、その幸運がいつまで続くのか。ふたりははらはらしながら、日本で黄瀛を見守っていた。

夏休みになり、石川一成が一時帰国すると、岡田美都子、金窪キミ、金窪勝郎（キミの夫）と四人で会った。石川は、黄瀛が文化大革命の頃日本人との関係をとがめられ十一年半も収容されたために、夫人がすっかり日本人嫌いになった話などを披露した。また、黄瀛が岡田・金窪からの手紙は小言ばかりでうんざりだと言っていると聞かされ、ふたりは苦笑するばかりだった。中国で通用する学籍はなく、学校での黄瀛の存在は特異である。難しい立場だが、本人にその自覚がない。そのため、黄瀛が浮き上がらないように気をつけていますと石川は言った。手紙がすべて開封されているとも伝えられ、岡田と金窪の二人はこれからも見られて困る手紙は書くまい、と思った。

一九八一（昭和五六）年六月、石川一成は二年の任期を終えて帰国した。

やがて、黄瀛から友人たちに四川外語学院教授に昇格したといううれしい知らせが届いた。

第二節　半世紀ぶりの日本

第二詩集『瑞枝』の復刊

一方で、黄瀛の第二詩集『瑞枝《みずえ》』を復刊する話が持ち上がっていた。

きっかけをつくったのは詩人で黄瀛の友人でもある野田宇太郎である。野田は一九〇九年生まれで、黄瀛より三歳年下である。『瑞枝』が発行された一九三四（昭和九）年には、福岡県久留米に住んでいて、詩作に励んでいた。野田は『瑞枝』を読み、黄瀛の詩が醸し出すエキゾチシズムに魅惑された。そのこともあり、一九四〇（昭和二〇）年に生まれた長女に瑞枝と名付けた。

野田とは文化大革命後に黄瀛の方から手紙を出し、文通が始まっていた。

たまたま、野田の定本全詩集が蒼土舎から出版されることになり、内藤克洋社長が野田家を訪ねた際、野田は手持ちの『瑞枝』を内藤に見せ、その詩集が「戦後生まれの詩人が読みたくても読めないすぐれた詩集」であると説明した。『瑞枝』の詩をしばらく読んでいた内藤は、「ぜひこの詩集を出版させて下さい」と言った。『瑞枝』を借り、黄瀛の住所を聞いて内藤は帰っていった。

しばらくして、内藤から野田に電話がかかって来た。黄瀛に直接電話をして、出版の承諾を得たという連絡だった。黄瀛が野田と草野心平、宮川寅雄の三人に出版責任者になってもらうことを喜んでいる、ことも知らされた。

一九八一（昭和五六）年五月一三日、その三人と文化学院時代の友人である戸川エマ、岡田美都子らが集まり、出版の計画は実行に移された。

同年夏、黄瀛は重慶で文化学院時代の友人で画家の田坂乾夫妻の訪問を受けた。一九三一年に上海で会って以来、五十年ぶりの再会だった。

歌人の近藤芳美もこの年、重慶で黄瀛に会っている。『人民中国』の招待旅行で中国に出かけたが、知人の内藤克洋から黄瀛に会ってきてほしいと依頼されてのことだった。近藤は石川一成の後任である横沢活利を介して黄瀛に会った。

近藤は「重慶にて」と題して短歌を作ったが、そのうちの三首を以下に紹介する。

重慶の一夜ホテルに待ちて逢う詩人黄瀛よ君はここに生く
声弾ませ問う草野心平のこと髙橋新吉のこと窓に街暗き重慶の夜や
生死を知らず君の詩稿を載せたりき吾ら戦後の日内戦遠く

一九八二年三月七日、詩人竹中郁が亡くなった。詩人として優れているだけでなく、思いやりのある人柄だった。黄瀛が第二次世界大戦後中国で苦しんでいる時に支えた友人の一人である。やはり黄瀛に援助の手を差し伸べた関戸栄次、関谷祐規はすでにこの世を去っていた。

その知らせを受けた黄瀛は、三月二八日付岡田美都子宛の手紙で、「竹中郁が死去、その知らせに何か一撃されたように二三日不ゆ快です。いまでも竹中郁を偲ぶとお母さんが九十八才も生きたのに、彼ハとしんミリします」と書いてきた。

『瑞枝』復刻版は一九八二年九月、ほぼ原本に近い形で発行された。四八年ぶりの復刊だった。黄瀛はその喜びを次のように重慶から寄せている（「瑞枝」が再び陽の目を見て）。

ぼくの若い頃の詩集「瑞枝」が、再び日本で出版されることを、実にうれしく思っている。事実、ぼくの詩は復刻に価いするかどうか、自分にはわからない。ただ、一人の異邦人が、日本語で詩を書き、十歳から現在七十六歳まで書きつづけている。このことに未練をもっている。ぼくは若いころ、日本詩界の高村光太郎、木下杢太郎、中川一政、井伏鱒二の各位に、身にあまる好意をうけてきた。ぼくの「瑞枝」のなかには、これら発行者たちの序文、序詩、塑像が、また影響が、さんぜんと輝いている。

ぼくは人生の浮沈をつぶさに味わってきたが、詩はつねにぼくの道づれであった。それはいつも勇気を与えてくれ、愉悦に導いてくれた。ぼくにして、詩があったればこそ、生きぬいてこられたような気がするが、ぼくは、そのうえに、良い友人に恵まれたことに就いても、はっきりとここに書き記しておかなければならない。

ぼくはいま、一人の中国大陸の山中人である。しかし多くの青年たちにとりかこまれて、とても忙しい。それに近い将来、未刊の作品をまとめて上梓したいと念願している。
　この詩集を出版するために友情をかたむけてくれた日本の友人たちに、ふかい感謝をささげる。謝々

　　　　　　　　一九八二年　重慶市四川外語学院にて

復刻版に少し遅れて出版された『詩人黄瀛　回想篇・研究篇』には、『瑞枝』以後の詩が七篇収められた。そのうちのひとつ、「流れ星」が次の内容である。

詩人、詩を抱いて
生きて死ぬ、死んで生きかえる
誰に見せよと詩を書いているのではない
自分をなぐさめようと詩を作る

ああ、夏の夜空の流れ星
ぼくはふるさとで
ちいちゃい時に戻る
このスーブニールはあどけない

あ！も一つ流れる流れ星
あれはアメリカに居る妹だ
ぼくは竹の寝椅子にねそべって
風がないから大きな蒲扇《プウサン》を動かす

（ぼくだって一つの流れ星かも知れないよ）
幻の星
あああ　消えてもう二度見えない
ほうきぼし――

半世紀ぶりの来日

話は変わるが、石川一成は帰国後、黄瀛を来日させるために尽力した。神奈川県教育委員会に諮《はか》ったら受理された。

そのことを黄瀛に知らせると、天にも昇るような喜びに満ちた手紙が返ってきた。

石川は黄瀛の古い友人である美術史家の宮川寅雄を訪ね、その経緯を説明した。結果的に、黄瀛の来日は日中文化交流協会（宮川寅雄会長）が招いたような形になったが、実際は昔の知人、友人九三人が二百万円を拠金、個人の資格で来日した。[*14]

そのことに関し宮川寅雄は「黄さんは日本では詩人として知られていますが、中国では無名の外国語の一先生にすぎませんから、ビザをとるのに苦労しました。私が芝中学の生徒だったころ、彼は正則中学にいて、一緒に『碧桃』という詩の雑誌をつくったことがありました。彼がこんなに喜んでくれたかと思うと、私としましてもほっとしたところです」とコメントしている。[*15]

一九八四（昭和五九）年六月二五日、ほぼ半世紀ぶりに来日した黄瀛の歓迎会が東京の山の上ホテルで盛大に開催された。井伏鱒二、中川一政、草野心平、南條範夫などの著名人、文化学院・正則中時代の友人など、かつて親交があった百人以上が集まった。[*16]

関戸伊三郎は会場で、ばったり田坂乾に会った。共に一水会に所属していることもあって顔なじみだった。田坂乾の妻ゆたかは、関戸伊三郎の先生＝臼井柏亭の娘だ。そのふたりが黄瀛を介してもつながっていることに初めて気がついた。[*17]

亡き兄栄次の正則中学校時代の友人である伊東照晃、猿谷重雄らの近くで飲んでいた関戸伊三郎に黄瀛が近づいてきた。

黄瀛（1984年7月13日、東京・山の上ホテルにて）。黄瀛提供

ふたりは会うのは初めてだったが、黄瀛は栄次の手紙を通して伊三郎のことを知っていた。伊三郎の妻が経営する喫茶店「いさ」に、苦しい立場にあった黄瀛を救うため仲間が集ったことを知っていた。

黄瀛と伊三郎は長く、立ち話をした。おにいさんには本当に世話になった。墓参りに行きたいのだが、時間が取れそうにないのが残念だ、と黄瀛は語った。後に黄瀛は、扇面に詩を書いて伊三郎に贈った。それは後に、関戸栄次夫人に手渡された。

岡田美都子や金窪キミは、歓迎会には参加しなかった。二人はすでに六月二一日、山の上ホテルに黄瀛を訪ね、旧交を温めていた。久しぶりに会う黄瀛は変わっていなかった。人より何倍も苦労したはずなのにその影は微塵も感じさせなかった。「苦労が身につかない幸せな人」と、金窪キミは思った。[*18]

六月二二日には文化学院時代の仲間が三〇人くらい集まり、黄瀛と再会を果たしていた。岡田美都子、金窪キミのほか、戸川エマ、亀井文夫、田上《たのうえ》千鶴子《ちづこ》、黄瀛がかつて好意を寄せた草間雅子らが集まった。

「黄瀛の美人の妹」として友人たちに知られていた寧馨もアメリカから兄に会うためにやってきていた。夫はすでに亡く、ひとり老人ホームに暮らしていた。岡田美都子と娘・英美子、金窪キミの三人は晴海の浦島ホテルに寧馨を訪ねた。寧馨は日本語の読み書きはできないが、話はできた。まだ美しく、若々しかった。寧馨は「兄にはちょっと会ったが、もういい。相変わらず有名人好きでおかしい」と笑った。
黄瀛は千葉県八日市場に住む親戚を訪ねたり、草野心平がいる福島県川内村の天山文庫を訪ねるなど精力的に動き回り、七月一五日中国に帰った。

石川一成、宮川寅雄の死

同年一〇月一三日、石川一成が交通事故で亡くなり、やがて宮川寅雄も逝った。ふたりの死を伝え聞き、黄瀛は「老人謡」という詩を書いた。以下のような内容である。

1

一人死に
二人死に
三人目は誰かしら？
おれか？
おれは死んでもいいし
死ななくてもいいし
たかが生き死に、考えたくもない
生きてるから死ぬのは決まっている　（以下略[*19]）

黄瀛から出された翌一九八五年一月二三日付岡田美都子宛の手紙には、その悲しみが漂っている。次のような内容である。

ずい分ご無沙汰申上げております。昨年から今年にかけて筆執る力もなく、手紙をしるしても机の上に放うりパなし、それに市内へも出たいとハ少しも思わず、人ごみの中へ出るのハ何だかうっとうしい気バかりして、方々へ失礼して相すみません。昨年のくれにハ石川、宮川とつづいて友人の永の旅ハ少しもの悲しい思いをさせられます――。

ここしバらくは、わたくしハボウ然、虚しく、空しく、ただ毎日夜は欠さずＴＶを、これも決して必らずミたいって気もちでなく、さミしいから見ているのかも知れません。毎日毎晩わたしんところ千客万来相変らずですが、これも口数少なく虚しく応待するってカタチ、こんなことをしるすときっとあなた方は笑われるかも知れませんがこのボウ然がいつもとのように蘇ミがえるや、少し心配です――。

亀井君ハ元気ですか？　天が下るハ筆不精が多くて穏士的にわたくしもそうなりそう、そしてだまりん棒になったら、いよいよ大へんでしょう。幸いに身体だけハ健やかですが、こちらでも知人がぽつぽつ挨拶なしに逝くので、少し気もちは滅入るような、それで上述のようなボウ然の中へ入ってしまいました。わたしの身近かの先生なぞが他人ハともかく、あなたハこんなにも丈夫だから、他人は構わず――と云いますが、云ってくれますが、一人減り、二人減り知ってる人が遠くへ行くさミしさハこんなエゴイズムで差し引く事ができません。

　併し春になれバ又一陽来福、もとのわたくしになれるや否や？　今夜は何だか、いつものわたくしに似合わないヘンな手紙をしるしました。この手紙をおよミになって、あなた方ハソレに感染されないように。


一九八六（昭和六一）年になり、石川一成の墓参りをするために黄瀛が再びやって来た。四川外語学院の教授一行を率いてである。岡田と金窪も藤沢にある霊園に同行した。一行は重苦しい雰囲気だった、と金窪キミは述懐する。

　筆まめだった黄瀛だが、この頃から次第に筆不精になり、手紙を書く回数が減りはじめる。戸川エマ、亀井文夫とこの年も友人の死が相次いだ。

文化学院同窓会誌『おだまき草』に寄せて

一九八七年になり、文化学院同窓会誌『おだまき草』が作られるようになった。

文化学院の同級生で母校で教えている田上千鶴子から原稿を依頼され、黄瀛は次のように書いた。

一、文化学院時代、わたしはあまりいい学生ではなかったらしい。併しこの学校に在学した故、数多い益友を知り、一生涯一番苦しい時から今の今まで色いろご厚意を受けたことは心から感謝しつづけている。ああ、持つべきものは朋友なるかな。

二、昔からわたしは筆まめだった。だが、一九八六年一年間、どういう調子か、筆不精も一寸そこらの筆不精とちがった、ヘンな筆不精と変ってしまった。

自分でもこれは失礼失敬と知りながら、手がどうしても動かないのだ。ぼけ始めたかな？大方の士のお叱りまで受けながらどうしたことか手紙と縁切ってしまった。閑話休題とにかくこれからは元に戻って大いに手紙をさし上げ、ご返事に精出そう。現にアメリカにいる妹から二通も手紙催促の手紙が来てるし、かの女にも約一年も無音でいるし、「兄さん、一行でも二行でも手紙を下さい」と云われてるから、一夢から醒めてもとのわたしにかえらなければいけない、いけない。

三、一昨年は日本へ、去年も日本へ。今年そんな柳の下のどじょうや木の根っこにぶつかる兎もいない。

心の中では息のあるうち、も一ぺん位ひとりして日本へ赤ゲットしたいけど、学院や文壇関係の友人が眼だって少なくなった。エマちゃんも昇天したし、田上先生のお手紙に依ると、わたしと机を並べた亀井文夫君も最近亡くなられたとの由、昔から感激家で童顔のかれ、そのかれついになくなったかと悲しみに耽ける時、うちの学校へ留学にきてる宇野君がかけつけて別府大学長佐藤義詮兄の訃報を伝えてくれた。今日は三月三十日の夕刊よみうりで直腸ガンでなくなったのを見て、この両君の死にまたもおどろき、悲しみの中へ追い込まれる。田上先生こと『天平美人』の私信ではわたしに何か故人追憶を書けと〝命令〟してさたけど、とんでもない、もっとも身近くあった友人の死は、ただただ心の中でご冥福をいのるだけ、何れ又の機会に自分の心の鎮まる時に更に「憶故人」という題で筆をとりたい。

四、わたしは死に対して、かつて色んな詩を書いた。〈歴程〉'87年四月にのせた『臨終』という詩の副題は、――死にはぐれしもの、いつかは消ゆるべき、とつけた。此処では何も云わない。一切は自然まかせ、帆は風まかせ、世間からおさらばした人には何らの救助方法もない。ただ親しい人の死にはもう少し生かしたかったと惜念がわたしをとりまく。同時、今この世に在る人びとにもっと多く生きて貰いたい。日本の何かの言葉に『死んで花実が咲くものか』とあるが、これはわたしの今ある人びとに対するバラの弥撒《ミサ》でもある。勿論生きるということは欣欣と生きることで、ベッドの上で足腰立たず薬を伴侶《とも》とする生き方は反対である。

それから生と死についてでは、特にわたしは今宵病んで明日息を引き取るような大往生を希望したい。

五、最近わたしは打油詩を一首作って見た。愚劣な漢字並び、何かここ何十年かのわたしの経歴を物語ってるかも知れない。

生死無所謂
有無不在乎
人生八十一
不想吃閑飯

おしまいにわたしの今年のスケヂュルは？　アンケエトされれば、もう一週間すれば成都に出かけて省政協の会に行き、六月になれば北京、大連、長春各地大学巡礼をし、十二月には広州に於ける中国・日本文学研究会の年会へ参加する予定。来年のことは鬼が笑うから考えてもいない。

一九八七年四月十二日夜川外にて

以前より創作意欲が衰えたとはいえ、詩作は続いていた。発表する雑誌はもっぱら『歴程』だった。「言葉の遊び」は第三六一号（一九八九年一月発行）に掲載された。

1

ありとあらゆる
いろっぽいことも
ういもうすいも

えへん
おれは忘れたか、思い出したか

2

人間がひし曲げられた十一年半の
アブノーマル・ライフは仲なか消えない
今でもま夜中ふとカンゴクにいる思いに襲われる
この後遺症はさびしかないか
オレの犯号は一三四だったね
オレはアレから生きのびたかも知れない

卓上灯をつけると
やはり鐵格子のない、窓だった
月が出てる、ねぼけ面して
何処からか流れ来る夏の白い花の匂い
（後略）

黄瀛の半生がテレビ放映

一九九一年一一月一六日、広島放送制作によるテレビ番組「詩人黄瀛さんを知っていますか」が日本テレビ系列で全国放映された。

黄瀛の生涯を四五分で紹介したこの番組には本人の他、アメリカ・デラウエア州在住の妹・寧馨、千葉県八日市場に住む叔父（母の弟）・太田末松、文化学院時代の友人・岡田美都子、田上千鶴子、作家・井伏鱒二、広島に住む詩人・米田栄作らがインタビューに応じている。

そのテレビ番組を日本に住む友人たちはこぞって見ていた。

黄瀛は八五歳になっていた。教壇に立って一五年近く。黄瀛は多くの卒業生を送り出してきた。夫人は先年亡くなり、ひとり暮らしをしている。

ただ、自宅は日本語を学ぶためのサロンとなっていて、学生たちが頻繁に訪れる。近くに住む孫娘もよく訪れるから、ひとり暮らしの寂しさはあまりない。幸せな老後といってよいだろう。日本の友人たちから送ってもらった本を読むのが楽しみで、書斎には日本文学の本がうず高く積まれている。

黄瀛は六〇歳代のようにかくしゃくとしているが、日本の友人たちには変化があった。一九二五年の出会いから六〇年以上にわたり交際が及んだ草野心平は一九八八年一一月一二日、八五歳で亡くなった。黄瀛は心平の死に関して、「わが草野君を思うにつけ、先ずかれは若い時からみまかるまで、即ち一生涯ロマンの人だったと云いたい。事実ぼくの見た草野心平は広州・嶺南大学でたった一人の日本人留学生の頃からそうであった。故国を離れて孤独と寂しさの中で遠く所謂大正ろまんを意欲的に求めたかれ、この多情多感な青年の詩の起点はそこから始まると、ぼくは云いたい」と追悼文に書いた。[*20]

若い頃詩人として活躍し、黄瀛の出世作「朝の展望」が捧げられた画家の中川一政も一九九一年二月五日、九七歳で亡くなった。

黄瀛を知る友人たちの多くは亡くなり、生存者は極めて少なくなっている。病床にある友人もある。

日本にいた当時、荻窪にあった自宅を訪ねたりして交友した井伏鱒二とは、ビデオでの再会が実現した。[*21]

「井伏さんにはもっと長生きしてもらいたい。日本にも年寄りの作家がいないと、かがみがなくなる」と黄瀛はいい、中国へ来ないかと誘った。

その姿を見た井伏は、自分は外国に行くより阿佐ケ谷で酒をのんだり将棋を指して暮らしたいといいつつ、「元気そうですね。会いたいなあ」とぽつんといった。高齢のため、あまりはっきりとは話せなくなっていた。

妹の寧馨は、アメリカ・デラウエア州の老人ホームでひとり暮らしをしている。黄瀛はかつて作った詩「妹への手紙」を読み、寧馨は「お兄さん、身体を大切にしてください」とビデオで語りかけた。兄妹は年に一、二度手紙のやり取りをしている。一九八四年に会ってから再会を果たしていない。

広島でなお、原爆をテーマにした詩を書き続けている米田栄作は本人と会ったことはない。ただ、にごりのない、物事を純な視野で表現する黄瀛の詩には、ずっとひかれ続けて来た。テレビでは「さまざまな苦労をしながらも、詩的精神を持ち続けていることがうれしく、それがあの人を崇拝する大きな原因です」と黄瀛を讃えている。

文化大革命の頃のことを訪ねられた黄瀛は、獄中でのことを詩につづったといい、次の詩を披露した。

生きてれば　きっといい時世が
来るにちがいない
こんな時はかなさは
　すっかり取り除かれて
　いるにちがいない

高い梢の桐の花
石垣一ぱいの
　明るい金色の名なし草

夏の早い雲足
さっときてさっと戻る
　さんさ時雨

かくしてわたしは生きつづけ
生きつづけて
抑圧されたものの自由を
　かちとり
弥栄える祖国の前途を
　よろこび
近いうちまた相会えるだろう
わたしの国の言葉で言えば
「後来有期」
ああ、吹け春風
　吹けよ、吹け

黄瀛は書いた詩そのものは下作であり、「本当は詩を書かず、口にも出さず、心が詩になればそれでよいと思います」と現在の境地を語っている。

また、番組の最後に「生きているうちに見るものを見、行けるところに行きたい。私は、どんな難しいことも心配しないで、あるがままに流れていきたい」と楽観的な人生観を披露している。

苦難に耐え、浮沈を繰り返しながら、生き抜いてきた人だからいえることばであろうか。


〈注〉
＊1　昭和二七年二月。日付不詳。
＊2　昭和二三年六月に、この雑誌は発行された。
＊3　米田と黄瀛は一九九六年八月、黄が宮沢賢治生誕百周年に招かれ来日した際に初めて会うことができた。
＊4　「四川日報」（一九九二年一一月一四日付）の徐永恒の書いた記事による（古澤亜童『中国　花みるみる』社会評論社、二〇〇四年）二二二頁。
＊5　すでに紹介した通り、関谷祐規は高村光太郎門下で、昭和二年十月十日同人誌『草』を創刊した（昭和三年七月一日発行の第八号まで発行している）。『草』にはこのふたりの他、高村光太郎、高橋新吉らが詩を寄せている。
＊6　『歴程』第八一号（一九六三年四月発行）。
＊7　私は一九九三年に目黒区にあった関戸伊三郎を訪ね、兄栄治や伊三郎との関係について聞き書きした。
＊8　一九九三年に聞き書きした際の岡田美都子の証言による。

＊9　黄瀛自身の述懐によると、黄は十　年半獄中にいた。

＊10　「四川日報」（一九九二年一一月一四日付）徐永恒の執筆記事による（古澤亜童『中国　花みるみる』社会評論社、二〇〇四年）二二三頁。

＊11　私は岡田美都子から、黄瀛の手紙を提供していただいた。

＊12　王敏『謝謝！宮沢賢治』（河出書房新社、一九九六年）三一—三二頁。

＊13　石川一成は黄瀛との出会いについていくつか小文を書いているが、それらは『余照尽くる無く　石川一成国語教育遺稿集』（私家版、一九九三年）に収められた。私は夫人の石川節子よりその本を贈られたが、黄瀛とのエピソードはその本の記載による。

＊14　『週刊朝日』（一九八四年七月二〇日号）参照。

＊15　同右。

＊16　同右。

＊17　関戸伊三郎の証言による。

＊18　一九九三年に行った岡田美都子、金窪キミへの聞き書きによる。

＊19　この詩は『歴程』第三二八号（一九八六年二月発行）に掲載された。

＊20　黄瀛「弔念草野心平」（『歴程』第三六九号、一九九〇年二月）一五五頁。

＊21　ふたりが最後に会ったのは一九八四年八月二四日。東京・山の上ホテルで開催された歓迎会の前日、荻窪の自宅を黄が宮川寅雄をともに訪ねて来た（萩原得司『井伏鱒二聞き書き』）。

第五章　黄瀛と私

黄瀛を知る

黄瀛を知ったのは、一九八四年頃のことだ。ある日の夕方、私は高田馬場にあった日本ジャーナリスト専門学院を訪れ、講師の堤照實《てるみ》さんと近くにある喫茶室ルノアールで雑談をしていた。

堤さんはその五、六年前まで筑摩書房に勤めていた。同社の経営が悪化したこともあり退社、会社で『宮沢賢治全集』などを校正した体験を生かし学院では校正を教えていた。私は大学四年生の頃から半年間、夜間部の生徒だったことがある。

その後も流れるように語られる、宮沢賢治全集を編集した時のエピソードを聞くのが楽しみで、つきあいが続いていた。

その日の話題は、中国のことだった。私は当時、中国研究者新島淳良《あつよし》さんの私塾で学んでいて、魯迅を原文で読んでいた。

私は魯迅のことを話題にすると、堤さんは自分はむしろ魯迅の弟の周作人にひかれるといい、話題を変えた。

「そうそう。宮沢賢治にも中国人の友人がいたんです。黄瀛という人です。もう生きていないのかもしれませんが」

コウエイ、私はつぶやいていた。初めて聞く名前だ。堤さんはその詩人についての説明を始めた。思わずその話にひきつけられていた。

宮沢賢治は不思議な人だが、黄瀛という詩人も変わっている。生前ほとんど認められなかった賢治を、黄瀛はわざわざ訪ねているというのだ。その行動に駆り立てたものは何なのだろう。そういう人が存在すること自体、夢のように思えた。

黄瀛については、それからしばらくの間忘れていた。宮沢賢治が亡くなったのは一九三三年だ。賢治と同時代の人なら生きているはずがない、そう思い込んでしまっていた。

ある日、神田神保町にある東方書店に立ち寄り、中国文学に関する原書を何冊か買い求め、何の気なしに書棚を眺めていた。

すると突然、『詩人・黄瀛』のタイトルが目に入った。どこかで記憶のある名前だったが、すぐには思い出せなかった。ページをめくるうちに、一年ほど前に堤さんが話題にした人だと気づき早速本を買い求めた。

蒼土舎発行のその本は、一九三四年に出た詩集『瑞枝』の復刻版（一九八二年発行）別冊として刊行されたものだった。「回想篇・研究篇」と副題がついているように、かつて付き合いのあった友人・知人の寄稿を中心にして編まれていた。

文化大革命があり長い間消息不明だったというが、黄瀛はまだ重慶に生きているという。読み進むうちに、次第にこの人の人生にひきつけられていった。

父親を中国人、母親を日本人に持つ黄瀛はかつて日本語で詩を書き、当時の詩壇で認められた。高村光太郎や木下杢太郎に愛され、宮沢賢治や草野心平と親交を結んだ。

一番興味をひいたのは、沈国仁の「黄瀛の詩再び日本へ」という文章である。この文章は人民日報文芸部編集の『大地』に掲載されたもので、一九三〇年に黄瀛が魯迅に会ったと伝えていた。

一九二九年に花巻で宮沢賢治に会い、翌年に上海で魯迅と会う。信じられない行動の軌跡だ。この行動力は何に起因するのか、およそ詩人という枠を逸脱している。私は何篇か掲載されている詩よりも、黄瀛という人間そのものにとても興味を覚えた。

孫岩との出会い

そのときから、七、八年が経過していた。一九九一年秋、北京から友人の孫岩がやって来た。中国中央電視台(テレビ局)で教育関係の番組を作っているディレクターである。今回の来日はNHKでの研修が目的だった。

孫岩との出会いは偶然だった。

一九八九年六月四日に起こった天安門事件に衝撃を受けた私は、中国がどうなるか心配で翌年、北京を訪れた。まだ事件が尾を引いており、十分に取材できなかったが、普通の人々が何を思い生活しているのか、その一端を知ることはできた。その過程で、孫岩と知り合った。

年齢は三歳ほど孫岩が若いが、不思議と気が合った。孫岩が長春の出身と聞いて、急に懐かしさを覚えた。かつて私は長春にある東北師範大学に短期留学したことがあり、そのことで孫岩とは初対面にもかかわらず、古い友人のように思えたのだ。

三カ月の滞在期間中、孫岩とは七、八度会った。もうすぐ中国に帰るという日には、私のアパートにまでやって来た。私は、彼が日本文学に関心があることから、いらない本をあげる約束をしたのである。

もう読む見込みがなく、彼の役に立ちそうな本を物色している最中だった。

突然、孫岩が驚いた口調で言った。

「黄瀛先生の本もあるの」

今度は私が驚く番だった。どうして黄瀛の名前を知っているのだろうか。

話を聞くうちに、また驚かされた。黄瀛はその数奇ともいえる人生故に、一度テレビ番組の題材になったことがある。そのときの担当ディレクターが孫岩で、重慶に本人を訪ねたことがあるというのだ。

また、偶然が重なった。初めてその存在を知って八年余り。ひそかに会いたいと思いながら、会えるはずがないと半ば諦めていたその詩人がにわかに身近に思えてきた。黄瀛に会うことは私にとって、必然なのではないのか。いろいろな思いが頭の中を駆け巡った。

私は孫岩に「黄瀛に会えるように手筈を整えてくれ」と頼んだ。

孫岩は「何とかしましょう」と応えた。

初めての重慶行き

一九九二年八月八日、午後五時過ぎ。北京から乗った飛行機は予定通り重慶に到着した。初めての土地で、ホテルは予約していない。

まず市街地に入ることにし、近くに停めてあったタクシーに乗り込んだ。街の中心部が近づいてくる。私は四川外語学院を見てみたい、と運転手に告げた。それにしてもことばが通じにくい。北京では通じたことばが半分くらいしか通じない。四川訛りは噂では聞いていたが、これほどとは思わなかった。タクシーは坂を上り下りして進む。暑さと坂の多さが重慶の名物、と思い出した。四川外語学院の場所を確認した後、学院からあまり遠くないホテルを運転手から紹介してもらった。ホテルに着いた時、時刻は六時を回っていた。

北京で友人の孫岩に会ったが、孫岩には予め黄瀛に私が会いに行くことを伝えてくれるよう頼んでいたが、孫岩は失恋したばかりで何もかもが面倒くさく、それをしていなかった。そのかわり、と彼は弁明した。吉林大学の先輩・徐暁光《じょぎょうこう》が重慶にある西南政法学院に勤めている、その大学は黄瀛が教えている四川外語学院に隣接している。その友人を頼れば、橋渡しをしてくれるだろう。だが、先日、その先輩から八月は出張中で家にいないという便りがあったばかりなんだ。奥さんが家にいるので、彼女に連絡してほしいと電話番号を書いたメモをくれた。

私はがっかりした。黄瀛には、私が来ることが伝わっていない。折角中国にやって来たというのに。会える確信がないまま、私は重慶にやって来たのだった。

翌日は重慶の街を歩き回り、八月一〇日朝ホテルから徐暁光の家に電話しようとして、一瞬躊躇した。相手の四川訛りがひどかったらどうしよう。すぐに電話を切られてしまう危険性がある。

思案した結果、服務員に電話してもらうことにした。きさくで優しい女の子の姿が目に浮かんだ。中国語で話してもらう内容を書いた。

私は、あなたの夫の大学時代の友達の友達です。四川外語学院の黄瀛先生に会うために、重慶にやって来ました。でも、先生には会ったことがなく、私が来ることも伝わっていません。私は東京で編集関係の仕事をしていて、先生の詩を愛読しています。会えるよう取り計らってくれませんか――。

そのメモを女の子に手渡すと、彼女は笑いながら私の部屋に来て電話してくれた。

ベッドに座って、私はやりとりを聞いた。向こうの驚いたようすが伝わって来た。それでも、きちんと応対してくれている。友人の友人ということで、すぐに信用してくれるのは中国人らしい。まず本人に会うのが先決と考え、その旨を伝えた。その日の午後三時、四川外語学院の正門で会う約束をした。

黄瀛との初めての出会い

午後三時少し前、バス停を降りると四川外語学院はすぐ目の前にあった。竹久夢二が描くような細面の美女が扇子を動かしながら、あでやかに立っていた。朱琳《しゅりん》だった。

挨拶を済まし、共に守衛室に腰かけた。朱琳に孫岩のこと、黄瀛に会うためにここまでやって来たことをもう一度説明した。彼女は黙って聞いていたが、私が話し終わると、黄瀛先生には話しておいたから、これから行きましょうと急き立てる。何だかあっけない気がした。

かつて日本語を学んだという朱琳だが、今はほとんど話せない。別の大学で体育を教えているという。黄瀛のことは知っていたが、会ったことはない。

広いキャンパスを五分ほど歩くと教員宿舎が見えて来た。この辺のはずだわ、と彼女は言い、声をかけてみると果たしてその家だった。

写真で見慣れている小柄な老人が笑顔で出迎えてくれた。奥の部屋に招き入れられると、四十前後と思われるがっしりした体格の男が椅子に座っていた。黄瀛の古い教え子で、現在は同僚の晋学新《しんがくしん》だった。遊びに来ていたらしい。

私は「岩手から来ました」と無意識のうちに中国語で挨拶していた。実際は東京に住んでいる。だが、生まれたのは岩手だ。岩手に生まれなければ、宮沢賢治に惹かれたことがきっかけで黄瀛を知ることはなかっただろう。堤照實さんにその存在を教えられて以来九年余り、ずっと心の片隅に生きていた黄瀛が目の前にいた。そのことが信じられなかった。

黄瀛は相好を崩し、「ほう、岩手ですか」と完璧な日本語で言った。ホッとため息が出た。父親を中国人、母親を日本人に持つ黄瀛が最近まで日本語で詩を書いていたことは知っていた。

なかったのだ。

だが、話す方はどうなのだろう。実際に会うまで、その日本語力がどれほどのものか。わから

私の中国語力では、細部にわたる話はおぼつかない。私は朱琳に「日本語で話すよ」と声をかけた、彼女は「気にしないで」といってくれた。

おそらく、岩手という地名が最初に出たことで、初対面の緊張が解きほぐれたのだろう。黄瀛は自分からなつかしむように、話し始めた。黄瀛にはかつて仲のよい岩手出身の詩人仲間がいた。宮沢賢治、直木賞作家となった森荘已池、一緒に『日本詩人』という雑誌で詩壇に認められた栗木幸次郎。岩手出身ではないが、師にあたる高村光太郎は戦後花巻で暮らした。そうした親近感が私への応対に出たと推測される。

一九二九年六月、花巻に病床にあった賢治を訪ねた時のこともよく覚えていた。一九二五（大正一四）年、草野心平が留学先の広州で始めた詩誌『銅鑼』の同人には、心平、黄瀛、賢治のほかに、小野十三郎、サトウハチロー、髙橋新吉、森荘已池らがいた。その事の話が次々に飛び出した。

部屋には高村光太郎が掘り土門拳が撮影した「黄瀛の首」の写真、一九八四年に来日した際に草野心平、井伏鱒二、中川一政と共に撮った写真が飾られていた。

その日はうだるような暑さだった。重慶は武漢、南京とともに「三大ストーブ」といわれ、暑さが厳しい街だが、その日の気温が四二度に上ったと地元の新聞が伝えていた。

黄瀛は「暑い中ようこそいらっしゃいました」と言いながら、冷蔵庫からコーラを出して勧めてくれた。

昨日、成都《せいと》から帰ったばかりという。三国志の舞台として有名な成都には、距離にして二〇〇キロくらいだろうか。だが、気温は一〇度ほど違う。黄瀛は避暑から戻ったばかりだったのだ。それを聞いて、冷やりとする。少し前に来ていれば会えなかったのだ。

ヘビー・スモーカーの黄瀛は、しきりにタバコを勧める。日本では吸わないことにしているが、誘われてタバコに火をつけた。

魯迅のことが話題になっていた。魯迅もヘビー・スモーカーだった。すでに紹介したように、黄瀛は一九三四年頃上海の内山書店で魯迅と七、八度会った。魯迅には許広平との間に一人息子の海嬰が生まれて間もない頃だったという。黄瀛は魯迅の文章を読み、心の底から魯迅を敬愛していた。「魯迅先生はそれは激しい文章を書きましたが、会ってみると穏やかで優しい人でしたよ」となつかしく語る。

かつてもそうだったというが、少しどもりながら黄瀛は話し続けた。遠い昔の出来事を刻むように話した。その話に、私は圧倒されていた。時間の経つのも忘れ、聞き入っていた。

部屋にある時計は五時半を過ぎていた。もう二時間半になる。晋学新は、京都に留学している夫人が帰って来るので迎えに行くといって三〇分ほど前に帰った。朱琳はまだ小さい子供のことが心配で、家に電話している。帰らなければならないときが近づいてきていた。

聞くべきだろうか。私は迷った。こうして、巡りあえただけで満足すべきだろうか。だが、もう二度と会えないかもしれない。

意を決した。「答えたくなければ、答えなくて結構です」、そう切り出した。

それまで和やかな黄瀛の顔に変化が現れた。とってつけたように饒舌になり、話題を変えた。「聞いてくれるな」と眼が語っていた。

何を聞いてくるかわかっていたのだ。そう思い、黄瀛の話題に合わせた。

国民党の将校だった黄瀛が共産党独裁政権の中国でどう生きて来たのかを私は聞きたかった。二度の獄中生活をどう過ごしてきたのか。今の中国をどう思っているのか。なぜ、中国語で詩を書こうとしないのか。言論弾圧をどう思っているのか――。今の中国ではタブーとされる政治に触れる問いを私は呑みこんだ。

触れられたくない過去は誰にだってある。そう思い込むことでモヤモヤした気持ちを押しやろうとした。

そういった私の気分が伝わったのだろうか。

黄瀛は、「魯迅先生が長生きしたなら、毛沢東とは相容れなかったでしょう」と、突然言った。

私は沈黙して、その意味するものは何かと考えた。魯迅は晩年、共産党に接近し、当時国民党によって行われていた言論弾圧を批判し、ブラックリストに掲載された。そのことで、黄瀛は魯迅と別れなければならなかった。共産党による中華人民共和国が成立してからは、魯迅は毛沢東により「模範作家」に祭り上げられていた。魯迅は一九三六年に没しており、中国共産党によって行われた言論弾圧の歴史を知ることはなかった。

黄瀛は一九四九年、共産党によって捕虜となり、投獄され、重労働を課せられた。文化大革命の時も、日本人と親しかったということで辛酸をなめた。そういったひどい体験を今更語りたくはないのだろう。

最後に私は、「今も詩を書いているのですか」と尋ねた。

黄瀛は「書いていません。でも、自分の存在自体が詩でありたいと思っています」と言って笑った。

黄瀛は、門の外まで見送ってくれた。握手をして別れた。おみやげに高級な人参酒をもらった。

別れてからしばらく、詩を語る時の生き生きとしたようすが目に浮かんでは消えた。実際に会えたことが信じられず、夢を見ているのではないかという錯覚にとらわれることもあった。

黄瀛が六七年ぶりに花巻を訪問

帰国後、私は黄瀛のことをもっと多くの人々に知ってもらいたいという気持ちが強くなり、本にしようと思った。お茶の水にあった文化学院を訪ねると事務をしていた川部洋二がとても親切な人で、さまざまな資料を提供してくれたほか、黄瀛を知る文化学院時代の仲間である岡田美都《みつ》子、田上千鶴子、金窪キミを紹介してくれた。出会いが出会いを呼び、亀井文夫の息子である亀井節、田坂乾、関戸伊三郎といった人々とも会うことができた。私はそれらの人々から聞き書きをした。

　黄瀛に関しては、それまで断片的には書かれてはいたが、まとまった一冊の本はなかった。そうした状況の中で、私は一九九四年六月『黄瀛――その詩と数奇な生涯』（日本地域社会研究所）を出版することができた。私にとって最初の著作であり、この本を出したことで黄瀛を知る人が少しずつ増えていったことは喜びだった。

　一九九六年八月、花巻市や東京を会場に宮沢賢治生誕百周年記念事業が盛大に開催され、黄瀛は六七年ぶりに花巻を訪れた[*1]。記念事業の一つとして開催された国際研究大会ではオーストラリア、ロシア、チェコ、アメリカ、インド、韓国などからやって来た研究者が賢治の魅力を語り、賢治が国際的に読まれていることを印象付けた。

　中国重慶からやって来た黄瀛は、「いよいよ弥栄ゆる宮沢賢治」と題する講演で「皆さんの力で宮沢賢治はいよいよ世界的になるところです。これは私は宮沢の友だちとしてお礼申し上げます」と挨拶した。

　私は当時東京に住んでいたが、東京と花巻で四、五回黄瀛と会った。八月三一日、宿泊先の八重洲富士屋ホテルを訪ねたときは、千葉県銚子市在住の西川敏之、高瀬博史も一緒だった。

黄瀛と筆者（1996年8月24日、東京・山の上ホテルにて）

その数週間前、拙著を読んだ西川が勤め先の出版社に電話をかけてきたことが二人と出会うきっかけで、この日が初対面だった。
西川は日本詩人クラブ会員、塾経営をしながら詩を書き続けてきたが、西川の詩の先生がすでに紹介した関谷祐規だった。関谷は黄瀛の親友であり、医師をしながら詩を書いた。高村光太郎と親しく付き合った人物で、黄瀛とは一九二六年頃に知り合ったという。関谷は黄から高橋新吉などの詩人も紹介されている。関谷は国民党の将校だった黄瀛が共産党政権下の中国で苦しんでいるときに、支えた一人でもある。
関谷から黄瀛のことを盛んに聞かされていた西川は、本人に会うことができた時、「銚子ニテ」を詩碑にしたいので、その一部を毛筆で書いてくれないかと黄瀛に頼んだ。黄瀛は快諾した。
「銚子ニテ」は一九二九（昭和四）年、黄瀛が銚子に関谷を訪ねた時に生まれた詩で、草野心平が中心となって発行した詩誌『学校』に掲載されている（第二詩集『瑞枝』にも収録）。銚子観音境内の火の見やぐらから眺めた光景をモチーフにしている。縁日でにぎわう日だったという。

銚子に詩碑が誕生

黄瀛が宮沢賢治生誕百周年で日本を訪れて以降、私は数カ月に一度重慶に国際電話をかけ本人と話していた。手紙も二、三度書いた。かつて筆まめだったという黄瀛だが、自ら手紙を書くことは少なくなっていた。

それでも一度だけ手紙をもらったことがある。黄瀛と親しかった草野心平と陶晶孫《とうしょうそん》という中国の文学者との交流を描いた『日中友好のいしずえ――草野心平・陶晶孫と日中戦争下の文化交流』（日本地域社会研究所）に手紙をつけて贈った返事が届いたのである。一九九九年八月六日消印の手紙で、黄瀛は「ご本一たバ、お手紙拝見仕りました。いつもご本を頂くのハ此の頃の私のたのしミです。ご本の中であなたの近作〈日中友好のいしずえ〉二回拝読。私としてハ之ハあなたの著作として益々根強いものだと思います。今後とも益々力ある、あなたの著作として、いゝ本を書いて下さい」と書いてきた。拙著と共に古本を二十冊ほど入れて贈ったが、「司馬遼太郎の本が好きで、高杉晋作に興味があるらしく、『世に棲む日々』を読みたいから送ってくれとも手紙に付け加えていた。相変わらず好奇心旺盛な黄瀛だった。私は『世に棲む日々』（文春文庫、全四巻）を書店で買い、古本を数冊入れてまた、船便で本を贈った。今度は、手紙の返事は来なかった。

左から、高瀬博史、西川敏之、黄瀛、筆者（1996年8月31日、東京・八重洲富士屋ホテルにて）

二〇〇〇年三月、久し振りに重慶に国際電話をしたら至って元気で、夏に来日する予定という。大阪府堺市で、文化学院時代に教えを受け与謝野晶子の思い出を話すのだと張り切っていた。孫娘が同行するので気楽だし、東京でめっきり少なくなった友人たちと会うのが楽しみだと明るい口調で語った。

黄瀛にもう一度会える。私の胸は喜びで沸いたが、そのことを黄瀛の電話番号とともに銚子の友人である西川にすぐに伝えた。西川は友人の高瀬らに協力を仰ぎ、急いで詩碑建立の準備を進めた。一九九六年八月三一日に八重洲富士屋ホテルで毛筆で書いてもらったものが、思いがけず詩碑に利用されることになった。

二〇〇〇年七月九日、私は四年ぶりに黄瀛と再会した。銚子市新生町中央みどり公園に、日本で初めて黄瀛の詩碑が建てられ、その除幕式が盛大に催されたのである。縦六〇センチ、横一二〇センチの中国産御影石には、次の文字が刻まれていた。

風ノ大キナウナリト利根川ノ川波
潮クサイ君ト僕ノ目前ニ荒涼タル阪東太郎横タハル

阪東太郎とは利根川のことだ。西川の願いは四年越しで実現したことになる。

孫娘の劉嘉《りゅうか》（重慶電視台国際部記者）とともに七一年ぶりに銚子を訪れた黄瀛は元気で、満で九三歳というのに、記憶もしっかりしていて、今後は自叙伝や詩集をまとめてみたいと意欲を見せた。黄瀛は私に宮沢清六と再び会いたいと希望を伝えて来た。私は人を介してそのことを伝えたが、清六は病床にあり、二人の再会はかなわなかった。

銚子の詩碑と黄瀛（2000 年 7 月 9 日）　高瀬博史提供

銚子での詩碑の除幕式（2000 年 7 月 9 日）左から、黄瀛の孫娘・劉嘉、黄瀛、安剣星（詩碑の建立者）、筆者

黄瀛はいわきにある草野心平記念館に足を伸ばした。

この日が黄瀛と会った最後になった。黄瀛は二〇〇五年七月三〇日に亡くなった。数えで百歳。思い起こせば、タバコをスパスパ吸いながら、毒舌を吐いていた姿が鮮やかに思い浮かんでくる。大変な苦労をしたはずなのに、そのことを感じさせない人だった。まさに、詩を道づれにして二〇世紀から二一世紀を駆け抜けるように生き抜いた人生だった。

〈注〉

＊1　八月二七から二九日にかけ、花巻市で開催された「宮沢賢治国際研究大会」では八月二七日に黄瀛が講演した。また、八月三一日に東京で開催された「宮沢賢治国際講演会」でも、黄瀛は講演している。

資料編

資料編（1）　黄瀛の詩

窓を打つ氷雨

窓を打つ氷雨
さびしい冬
冴えた眼でかなしい影絵を見てる
水仙の葉は水つぽくて青い
灯がにじんでる部屋
悲しみたいが、まとまらない
女の帰つた後の寒さ
疲れた心象で何をか意欲する
よせてかへした冷淡が今ほてつてくる
さあさあ、何処までさみしくなる、かなしくなる
ぶるぶるふるへる犬のやうな胴ぶるひ
消えて行つたやうな人を呼ばうかしら
一九三〇年の寒い風の窓
重量を忘れてしよんぼりしてるオレ

カアテンをしぼれば小さな世界
つくねんとした灯にぽつちり暖かい気もちを所有する
今まで考へなかつた事で虚空をつかむ
冴えた眼で悲しい影絵を見乍ら泣きつ面をする
泣ければいゝのに
泣けない泣きつ面をしてる

『瑞枝』より

心象スケツチ

十　月、青い空に紙つぶてが飛んだ
　　私はアトリエで『小さな町』を読んでゐた
　　美しい顔の発見だ！

十一月、眼ははつきりものを見る
　　自分に似た心で、しかも聖らかな心よ
　　知つてる、知つてる、その朗らかさと美しさを十二月、あゝ何といふ手対へのあるやつだらう？
そいつは通り魔のやうで不思議にも和やかなやつ
そいつはこのGaminの心をぐつと制へつける

一月、もうオレの力は大空の凧のやうでない
だが、新しい喜びをよろこぶあなたは
人といふものに峻烈な美しさを感じただらう？

二月、雪の降る底冷えのする夜の窓で
誰がつゝましくあの晴れた日光の春を待つであらう
あなたは、あなたは……二月の神経のやうな桜並木の道を歩いてゐる

『瑞枝』より

夏の白い小さな花よ！

A

烈しいものがあまり動くため
君は僕の美しさがわからない

君はゴムの匂ひのするあの秋のアトリエに
もう一ぺん紙つぶてを投げて人気を振動させるがいゝ
そして雪が降れば
もう一ぺん心をおどらせておのれを顧みるがいゝ
そこには君だけの美しさが浮んでゐる
そこには回想がまだ虹のやうに淡くみえる

B

なるほど僕には君を支へる力がない――
君は今日僕の行く市街《まち》の花
君は雨あがりの空にふつと消えてゆく星
君は外濠線を風となり
バミリオンの雲を消えさせ
夕やみに光る衛兵の銃剣をくぐつてきた尖つた心！
僕よりもオレよりもりゝしい尖つた心！
だが、今となつてみりやそいつは僕には苦しい
そいつはどんと迫つてくる機関銃隊の影形《シルウエット》
思ふまいとすればちらちら光る星！

C

あゝ僕は今でも君を限りなく知つてゐる
邪念といふか？　未練といふか？
この眼にきつく輝くこの一筋の光り
君は笑ふだらう？
君は悲しむだらう？
喜ぶかもしれない
だがこの一人の男はまた別の思ひに疲れてる
仲間たちと君の知らない別な世界へ前進しなければならない！

D

夏の白い小さな花よ！
灯を消すとタバコがにがく、ばかに僕は長い夜を考へてる
夏の白い小さな花よ、時鳥が泣いてるね
青葉の香りがやがて真夏の太陽となる
そして邪念と背中合せの僕は
明日朝霧の中で昇天するきれぎれな喇叭の音
また、またくる夜の不思議さの中で

一個のつくねんとしたおもしろい影

E

おゝ、眼ばかりだ！
夏の真夜中に鞭の音がきこえる
ほらね、ほら！
ほらね、ほら！
君は翌くれば灼熱した太陽の世界には見られない
君はとにかく市街で会へばオレの花
君はやがてつゝましい婦《をみな》となり
僕はあらぶれて夏の嵐、冬の風
それでいゝんだ
あの烈しさ、美しさは君に感じさせたくはない
君は君で行け！
市街で会えば季節季節の小さい花となれ！
はにかむのもいゝ
つんとするのもいゝ
彼はもうあのなごやかな大気の中で

君を思ふことの出来ない男だ
“Mr. Soldier”と呼びかけられても
彼はつゝましくりゝしく返事を朗らかにすることが出来まい
そしてそれも遠い声となってゆく
夏の白い小さな花よ！
夜があければ僕は勇しい喇叭の音と共にあの広つぱへ行く
オレは君を知らない人にする
夜が明ければあの胸にくる青草の匂ひは
オレをめぐつてふりかへるをすら出来ない……
『瑞枝』より

妹への手紙（1）

左記に転居した！
一軒家をかりた！
日本東京市外和田堀町和泉二四三！

•

移つたところが遠いので
お前のところへ上げるたよりも
何だか他人らしくなりさうだが
そんなことはゆるしてくれるだらうね

●

新鮮な森の空気と
武蔵野の落葉の匂ひ
青い大根畑の夕月
——一寸こんな風景を連想してくれ

●

今年のクリスマスには
お前の好きさうな銀の燭台をおくらう！
銀の燭台と私の写真とをね

●

忘れてた
あの毛糸の股引と
キツスリンのお菓子ありがたう！

●

今日は一日いゝお天気だつた
富士山がよく見えて

•

妹よ！
私の仕事場の窓のいゝ眺め
私はこの頃夢中になつて仕事が出来る
心もたのしい
お前こそ少し遊んでおくれ！

•

寒くなるので身体を大切にせよ
夕方は早く灯をともすんだぞ
たまには母と一しよに皇宮電影へ行つてもいゝよ

•

ストーヴがないので
僕は火鉢をかこんでゐる
お前の方の学校は如何！
お前と母の事！
いろいろ考へたり思つたりしてゐる
そして寧馨よ！

お前には見えないがこの美しいおくりものゝそばに僕はゐる
お前には見えないが
ほらこのカアネエシヨンとアスパラガス！

・

この家の近くに中世紀の水門や
ブラマンクの風景や
清い小川や珍しいものがいろいろある
が少しおちついてから詳しく知らせよう！

・

十一月二十三日。火曜の晩
天津南開大学　黄　寧馨へ
お前の兄より。
『瑞枝』より

銚子ニテ

ブルブルフルヘテルモノハ足デハリイ
観音サマノ境内ノ火ノ見櫓

ソノ上ニ立ツテ川口ニ荒レ狂フ潮ケブリヲ見ル
波崎《ハサキ》向フノ砂山ニ驚ク
風ノ大キナウナリト利根川ノ川波
潮クサイ君ト僕ノ目前ニ荒涼タル阪東太郎横タハル
渡シ舟モナイ川面ヲ鷗ガ風ニ流サレタマヽ飛ンデヰル
外套ノ襟ヲ立テテモ風ハ身ヲ刺ス
眼一パイナ砂ボコリノ空ノマツ赤ナ雲
色彩ノナイコノ屋根集団ノ何処カノ風見ノ廻転ノ早サ
自分達ノ身体ハ浮遊シタ物体ダ
乾イタ唇カラ音声モヒビカナイ
酒ガノミタクナツタト思ハナイカ
足下ノ活動小屋ノ灯モツイタシ
オリヤウカ
天下ハスナハチ古メカシイ港町
音楽ノ音ガ遠ク気マグレニキコエテ来ルシ
オイオイ、シガミツキスギテ段々ヲスベルナ
気ヲ付ケロヨ
マブシイマブシイ観音サマノ屋根ノ金ビカリ！

『瑞枝』より

喫茶店金水

――天津回想詩――

あの日本租界の富貴胡同近くで
フネフネと云はれた夏の夜は
ようくアイスクリームやソーダ水をすゝつたものです
白いゲートルの可愛らしい中学生姿で
三人の少年が
晩香玉の匂ふ初夏の夜更けに
ぽつかりと
ぽつかりとあの喫茶店金水におちつくのは
冷んやりした夏の夜露のおりるころ
時計がいつも寝ぼけてうつ十二時近くです
しかも夜の電影を白河河岸
緑のフランス花園を歩き疲れたものにとつては
あの金水のアイスクリーム
白いプリンソーダの味のよさは
実に心にしみるくらゐです

あゝ、あの裏町・富貴胡同近くで
フネフネとさはがれた去年の夏の夜は
ようくアイスクリームやソーダ水をすゝつたものです
あの涼しい喫茶店金水の灯のもとで
美しくたれ下る糸硝子を眺め乍ら
ひるまの暑さをも打忘れて
三人の少年がこゝろよく語つた夜更けの快適さは
いまの自分にとつても早一昔の夢のやうです
あの朝鮮の美しい女が沢山ゐるといふ富貴胡同近くで
アメリカの無頼漢兵士の一人歩きを不思議に思つたり
フネフネとよぶ車夫の言葉が
どうしてもわからなかつた去年の夏は
いまの僕にとつて
ほんとになつかしい思ひ出の一つ
も早『すぎ去つた純真時代』と云はれてゐます。
『瑞枝』より

雪夜

ねえ妹よ
僕が帰省してから
ばかに暖い空気となつて
心よい新年もまぢかに迫つてゐるではないか
かうして夜など母上があいあいものをし
お前がピアノでも弾いて
僕一人ぢつと詩作する心地よさは
たうてい青島の学校では味はれないしんみりした心で
僕はかうした夜を
どの位まちにまつてゐたのであらう
ねえ妹よ
たつた一人の黄寧馨よ
父なくて
親子三人しみじみと一つ部屋にあつまれば
何の涙なしに
この兄の眼が寂しく輝くか
あゝかうして暖いストーヴをかこんで

一夜降雪の音をきけば
何の涙なしに
回顧の想を抱くといふか
『瑞枝』より

朝の展望

――中川一政氏にささぐ

見給へ
砲台の上の空がかつきり晴れて
この日曜の朝のいのりの鐘に
幾人も幾人も
ミツシヨンスクールの生徒が列をなして坂を上る
冬のはじめとは云ひ乍ら
胡藤《アカシヤ》の疎林に朝鮮烏が飛びまはり
町の保安隊が一人二人
ねぎと徳利と包とをぶらさげて
丸い姿で胡藤の梢にかくれたり見えたり

あゝ朝は実に気もちがいゝ
窓をふいてると
暖い風が入りこみ部屋をぐるぐるまはる
そしてあゝ
日曜の朝はいつにない陽の流れ
いつにない部屋の静かさ
この二階の室で海から山から
僕は伊太利のやうなこの町の姿をも見ようとするのだ
寄宿舎で一番見晴らしのよいこの部屋からは
はげ山の督辦公館も見え
その上にまた
信号所のがつしりした建物が見えて
このあさみどりの空に
敷葉の旗がはたはたとなびき
ゆふべ一晩沖に吠えてゐた帆前船が
しづしづと
しづしづと港へ入るではないか
あゝ黒い保安隊の兵舎からは
すてきにゆるやかなラツパの音

海面一帯朝の光りに輝いて
軍艦海坼《かいせき》の黒煙りよ
それからまた遠い向ふ岸の白壁の民家よ
窓をふきながら
春のやうな気分もて
こゝろしづかにも
日曜の朝の展望をするのだ
『瑞枝』より

三月十一日の夕

うすぐらい夕方に
彫刻家のアトリエは
その一面の窓は
まるでつらゝでもぶらさがるやうな北国の気分だ
僕は旅疲れした身体をそのアトリエにはこばせて
大へんしんみりした気分で詩の話や旅の話で
上京最初のこゝろよい夕方を迎へた

いくつもいくつも腕や首が散在してるその部屋で
あのひげだらけのT氏の話に渋茶をすゝり
その渋茶よりもどこか風味ある茶碗を愛し
僕もよく語つたT氏もよく語つた
どこか二人がもつ詩想が一致してるのか
寒い北国の感じがする一面の窓や
おもてを行く豆腐屋のラッパや
かべにたれさがる古い石刷《いしずり》の書や
僕はほんとに思ふ存分T氏やそのアトリエにしたしんで
上京最初の快適な夕べを喜んだ。
——それとなく此の一篇をT氏のお眼にとまらせたい——
『詩と版画』（1925年5月号）より

七月の情熱

白いパラソルのかげから
私は美しい神戸のアヒノコを見た
すつきりした姿で

何だか露にぬれた百合の花のやうに
涙ぐましい処女を見た
父が――
母が――
その中に生れた美しいアヒノコの娘
そのアヒノコの美しさがかなしかつた

あゝ、私はコールテンのヅボンをならし乍ら
その美しい楚々たる姿に
パナマハットの風を追はうとした
彼女の白いパラソルの影で
その美しい眼と唇に
聖い接吻を与へようと
ふと途上のプラタナスの下で
七月の情熱を高めてしまつた
――神戸にて――
『朝』第一輯（1925年10月）より

心平への戯れ書
――ねむられないとはどんなわけか？――

詩をかかない人が詩をかかうとしてゐる
夜ふけぐつすりねむられるのにねないでゐる
風がさばさば月明りの南京の市街をのしてゐる
タバコのけむりが卓上燈をぼんやりさせる
ねむられぬ草野はどうしてゐるだろう
ねむられる黄は詩をかかうとしてゐる
赤い花とか白い花とか
軍事とか制度とか国際関係とか
とにかく理智がさえざえ感情をおさへつける
怒の中でのびのびしてる
八年間のたのしい夢と苦しい夢がノクビをする
若々しい心もちが老人じみてゐるらしい
詩の中で、詩の外で……
かつて詩人であつた黄
今も詩人でありすぎた草野心平

ある時代のダイナミツクなものがゴンとオレを打つ
ねむられぬ草野には妄想が多からう
もつとオレ達に年がよればもの知りになるだらう
――こほろぎがないてる秋の夜ふけ
今別れたばかりの草野がはつきりと見える
つまらない夢の延長なる戦争を回想しながら
草野よ！
オレがねむらないで君をねむらせたいものだ
それともオレがオレで
君が君であるべきか！
君の安眠薬のでたらめさよ！
――オレはやはり詩がかけなかつた……
――オレは石井鶴三描く宮本武蔵を見ながら眼をつぶれば
花も見えない戦争も見えない
君も見えないオレも見えない
かそかないびきとともに
たのしいたのしいちがつた世界へ引きずられて行く

『人間』（１９４６年７月）より

山から来た男

山から来た男はヒンシュクし乍ら市街を歩く
市街の人々は太陽に恵まれず
市街の人々は忙しき哉

山から来た男はピカピカを愛せず
シモン・シモン達にも惹かれず
まがつた思想をやりはらひつゝ
「市街は汚ないなあ」と思ひ乍ら
文明のホコリの
或は末世的なざわめきの中で
大きな大きな恐しさを感じる

山から来た男は
市街の巷でしきりに感じる
血眼になつて歩いてる人々
戦さの後の肩の凝り
すれちがふエトランヂェ

――この匂ひの　この匂ひを

山から来た男は賢い奴に愚かさを見る
山から来た男は
市街のまん中で
大きな大きなアクビをする
何ものにふれても唯ヒンシユクするばかり
無為に逃がした過去の人間性を
これからの世界にしつかと生かさうと
のそりのそり歩きまはる
考へつゝ歩きまはる

『改造評論』創刊号（1946年6月）より

会見

むかしも今もこの人は　きりっとしている
人情は運命のまま　ころがったまま　そのまま
昔を今にするよしもなし

だまってる二人は昔とずい分ちがうわけである
思い出は　ここにぼんぼり色であるべき
少しうそ寒い秋の夜のきれぎれな言葉のやりとり
合致するものを見出しては　お互いおどろいてみる

この人は　やはり昔の如く眼をかがやかして
懸河の弁
その対照は　それにつれて眼を伏せて物を思ったりする
窓の下では　こおろぎが鳴いてる
ここにあなたがいる
ここに自分がいる
お茶をのみながらお茶のみ友達になれればいいと思うが――

二人は未だに若く　つつましく
お客さま同士の応対らしく
戦争後に戦争前の話に
お茶をのみ乍ら時を忘れる
夢の一瞬花の如しか
会ってしまえばお互いに胸がすうっとしよう

だまったまま　僕はみつめている　みつめられている

『歴程』第75号（１９５９年6月）

あるカルカチュア——石川一成先生へ——

先生よし
学生又よし
アイウエオ
四川生れの学生多ければ
『ナニヌネノ』、『ラリルレロ』話不清
先生これが修正、糾正に大わらわ
先生は東京ことば、もの静かに
一年生から三年生、そして教師らの
すべての視線を一身に集めて

先生、この暑さに和まずとかや
満身大汗、されど熱情十足

青葉の匂いがキャンパスをかこんだ
先生時には日本音楽のボタンを押す、奇術師の如く
学生ほほえんでこれに和して歌えば
窓外を走る火車の汽笛、突然ポー、ポー、ポー

先生、疲れを覚えず
学生、眼はり耳そば立てて
時は七十九年六月の某日某時。

『詩人黄瀛　回想篇・研究篇』（1984年1月）より

流れ星

詩人、詩を抱いて
生きて死ぬ、死んで生きかえる
誰に見せよと詩を書いているのではない
自分をなぐさめようと詩を作る

ああ、夏の夜空の流れ星
ぼくはふるさとで
ちいちゃい時に戻る
このスーブニールはあどけない

あ！も一つ流れる流れ星
あれはアメリカに居る妹だ
ぼくは竹の寝椅子にねそべって
風がないから大きな蒲扇《ブウサン》を動かす

（ぼくだって一つの流れ星かも知れないよ）

幻の星
あああ　消えてもう二度見えない
ほうきぼし――

『詩人黄瀛　回想篇・研究篇』（1984年1月）より

資料編（2）　黄瀛のエッセイ・評論

中国詩壇小述

中国詩壇は文学革命（白話運動）以後、縦には短い。創生期に於ける胡適《こてき》、周作人《しゅうさくじん》等の詩人は幾多の功業と共に又一面文学上の罪悪を若干作つてゐる。かれらは純粋な詩の眼から云へば詩人といふより詩的評論家であり過ぎた。従つて作品に感心するものが少ない。穆木天《ぼくぼくてん》の説を述べれば『中国的新詩運動、我以為胡適是最大的罪人、胡適説：作詩須得如作文：那是他的大錯。所以他的影響給中国造成一種 Prose in Verse 一派的東西。他給散文的思想穿上了韻文的衣裳。云々――』と。

自分は穆君の如く局部的に見ない。だが、初期に見た現象として佳作の払底を云へば云へる。それから詩の持つ内容に於てちぐはぐな思想等々を。今日、彼らの位置が時代圏外に追ひやられたのも主として作家として誇るべき作品がないことに起因する。だから周作人にしても文学者としては大きな席《シート》を有してゐるが、詩人としては休火山に分類されてしまふやうになるのである。

次に中国詩壇はその創生期より今日に至るまで二つのよき時代を持つ。自分はその一つをかの有名な『嘗試集』以後の空気に見る。汪静之《おうせいし》の『薫的風』兪平伯《ゆへいはく》の『冬夜』『西還』宗白華《そうはくか》の『流雲』等この時代の作品集を現表するものである。作者自身の重点方向が明らかに表はれ、創生期の詩人が多分に齎《もたら》した外来影響を中国古来の詩想に多少なりとも調和させた点に於て、詩そのものに良好な作品を得た点に於てこの時代を見逃すことは出来ない。広東に、北京に上海、南京に、各地方に文藝の声を反応させた時代もこの時代であつた。もし好事家をして云はしむれば詩が導火線となつて起動された文藝革命の第一期結末として、この時代の活発と真摯を買つてやらなければならないと云ふだろう。（だが、評論方面が少しさびしかつたと云へば云へないことはない）

も一つは前記の時代以降今日のプロレタリヤ詩の展開される直前の一時代である。郭沫若《かくまつじやく》の『瓶』馮乃超《ふうだいちよう》の『紅紗燈』穆木天の『旅心』等の時代。この時代の作品は中国新詩の抒情詩時代を代表する。郭沫若に就ては多少誇大されてゐるが雑誌『国際文化』（一九二九・一月号）を見ればその経歴を知ることが出来る。自分が今云ひたいのは馮乃超の『紅紗燈』についてである。この詩集は現在プロレタリヤ詩人としての彼の作品に比して隔段上に置くものである。これらこの時代の詩人は中国文学の上から青年子女の上に最も強く落下してゐる。『紅紗燈』には勿論外国人より見てあり余る感傷味を見るだらうが、抒情詩集として現在中国に於て雑誌『新月』に椅る徐志摩《じよしま》それと共に対立してゐて、表現と形式共に新鮮なものである。

他に詩人で彫刻家である李金髪《りきんはつ》の『食客と凶年』成仿吾《せいほうご》の『流浪』、それから女流詩人の泳心《ひようしん》の『繁星』等を数へることが出来るが細評の必要を感じない。以上二区を通じて絶えず活動してきた朱《しゆ》自清《じせい》等の名も忘れ得ない存在である。

これら二時代の次に現在の中国詩壇がのべられてゐる。この項については井東憲氏が雑誌『文藝研究』（?）、東日紙上にて主として上海を中心として正確に記されてをられるから、自分はなるべく井東氏以外の作品にふれて見たいと思ふ。

先づ第一に中国国民革命に依る文学の変化を考へて見たい。これは文学的に云ふと脱線した列車かも知れないが、文学上にあるべき『詩』が社会の『詩』となつたことを思ふと無性にうれしい。この進出は決して正規的なものと思ひたくはないが、最近の中国の少なくとも当然の道と思はなければならない。過去の中国の文学の集中地が地方分散の形式であつたのに引きかへ、現時は殆ど上海を中心とした中央的になつたのも前述の事と関連して一考すべき問題である。なるほど過去に於ても外国の思想を多分に受けついだ留学生の詩人が対社会的に大見得を切つたり、つき入るやうな詩を見せてゐた。私が最近読んだ陸志韋《りくしい》の詩集『渡河』なぞもこの部門に入れらるべきものであるが、一体に昔から東洋の詩には何故か諷詩めいたものが多かつた。中国に於ては殊に甚しく多い。それが近代になつては中国プロレタリヤ詩壇の一要素となつてゐる。或は政治方面に、或は民俗方面に、プロレタリヤ詩は反資本主義、打倒帝国主義、アンチミリタリズム等々。中国のプロレタリヤ文学はその所謂《いわゆる》『夢の幸福』『理想時代』が比較的短かくしてプロレタリヤ直接に進出した。今日詩に於て詩がもつ最大効力がこの方面に注がれてるのを見る。郭沫若の詩集『前茅』中にある『黄河と揚子江の対話』なぞその一つのエポックを作つたいゝ例だ。これは中国詩人のみの特殊傾向ではなくして今日の中国人として彼等は最も鋭く閃いたのだ。マルキシズムに依る、アナアキズムに依る、或は現政府を文学方面に支持する者はかくして『詩』のみの『詩人』ならずして民衆のそれへと突入する。故に政治軍事と共に上海南京の一区画が中国詩壇の中心を形成する。若い幾多の青年詩人が突如として詩集を刊行し、初版、再版、再々販を見るが如きは中国にては珍しくない現象である。しかしそれは極めて広告下手な書肆《しょし》を介して即ち詩は全く民衆の支持を得たのだと云ってもいゝ。今日例へ日本に於て中野重治、森山啓氏等の秀れた詩人の詩集が出ても恐らく初版二千部とは売れないだらう。プロレタリヤ文藝に於ける中国の位置は何人の眼に依つても今は全く各国の次ぎである。が、この点を純文学上に見ても中国の次に来るべき大いなる発展を考へることは容易である。詩を離れては全く人がない！中国文壇の詩壇ではなくして、中国の詩壇は、詩人は独立した社会人として装備される日も遠くない。雑誌『創造月刊』『語絲《ごし》』『新月』『太陽月刊』『楽群』等々。他に無数の詩雑誌、無数の詩人を自分は一様に展望する。

　プロレタリヤ詩人としては郭沫若、王独清《おうどくせい》、馮乃超、黄薬眠《こうやくみん》等を挙ぐることが出来るが、この他純粋詩方面には徐志摩、聞一多《ぶんいった》、詩集『種樹集』の衣萍《いへい》等の別に運動的なものとは云へないが、その存在はかつきりしてる。これらの詩人の個々については又機会を得て後日紹介出来やう。

　以上全くレビューで擱筆《かくひつ》する。彼らを描写することは換言すればその背景がちがふとは云へ、日本の詩人を見ることに変りがない。

　内部的に、もつと未来へまで、否現状をもつと細密にしるしたかつたが、紙数も尽きたし、自分自身他事に追はれてるのでほんのお筆さきで終はる。他日、時間を見て再考出来れば幸ひである。

　最後に今日日本の外国詩人研究をもつと隣国中国に向けられるべきだと私は思ふ者である。

最後に私の知つてる小範囲の最近中国の訳詩を挙げば左のやうである。

馮乃超──上　海（無産者詩集所載──井東　憲氏訳）
　　　　　　　　（雑誌銅鑼──黄　瀛訳）
馮乃超──十二月（雑誌若草──黄　瀛訳）
王独清──おれは故国に帰つて来た
　　　　　　　　（無産者詩集──井東　憲氏訳）

黄薬眠――題失忘（雑誌白山詩人――山本和夫氏訳）
同――拉車曲（雑誌南方詩人――黄　瀛訳）
郭沫若――戦　収（雑誌若草――――同　訳）
同――――血的幻影（雑誌白山詩人――同　訳）

〈『詩と詩論』第四号（昭和四年六月発行）掲載〉

草野心平印象

アウトラインのまん中を突き刺すやり方がある。一点を拡大するねらひ方がある。一ぺんも自分は草野の印象をまとめた事もなければ、分解して見たこともなくて、何しろこんな問題をもらつたことは不覚不悟の罪である。従つてうがつたことは勿論、何をぎゆつとつかんで来て出発していゝかわからない始末である。

●だが、自分は何種かの草野の風貌を知つてる。しかもネガテヴで――。広東から送つてくれた彼の写真は乙にすましてゐてプロフエツサア然としてた、東京駅へ下車した彼は胸に電通のマークをつけて支那人の足どりで日本の空気を吸つた、東京での彼はやつれてゐた、生活がイヤな男をこしらへあげてしまつた、――併し現在前橋在住の彼はすつかり日本人らしく、すこぶる健やかな人間になりきつてゐる。

●草野は決して人にきらはれる方に属す人間ではない。よい時にも悪い時にもその独断専行的精神は好しく彼を動作する。彼のエッセイには学問の匂ひなんか一寸もない。ぴんと感じ、きりつと起動したものを彼はエッセイと云ふ。エッセイとは彼の腹に感じる食糧である。エッセイとは草野の場合大見得を切つたり、小学校の児童に教へるやうな態度に於ける言葉ではない。だからその言葉で彼自身しびれてしまふやうなことはない。ムキで大マジメである。が故に時としては相手と平行してかけつこしてる場合があつても……

　彼のエッセイはその独創的要素がすべてを効果的にしてゐる。

●草野の詩は詩集第百階級以外にある。

●彼の詩については他に適任者がゐやうし、彼自分で云ふべき責任もあらう。だが、唯その異常は彼の眼が狭い日本に囚はれてないことと、詩人にして珍しく他を理解する力のあることだ。殊に最近の彼の詩は長い間の蛙を抜けて一つの型にあてはまつてきてゐる。別にこれをいゝわるいと私は云ひたくない。彼はツエペリンを見ても美しい雲だとか、何とかと書かない詩人の一人であることは確かで、彼は確かにインターナショナルなところが彼の詩を成長させるとしたら、署名なしでもわかる今の彼の詩をぶつこわしてもう少し求めて詩作してもらひたいものだ。

　私の云ふことは不親切であつて、もうらうとしてるのだが、実際詩を不断なく発表してるものには、殊に近い距離の彼には私よりももつとよき詩の求道者がある筈だ。詩に対する批評はその人達の方が親切、正確でいゝ。

●銅鑼についても詳しくしるしたいが、長くなるし、学校についても同様だが、彼は実際よく雑誌をつゞけてくれる。トウシヤ版の銅鑼がかち得た名声は一半を彼の功績にをくが、と同時に彼がなした事業の一つとしてかくれたる友人の発見を自分は功一級の価値として認めたい。それは詩聖に於ける故大藤治郎氏、東京朝日の中野秀人氏の新人発見の功と共に私の知る範囲の日本詩壇の美風である。この心がけは彼特有な才能であつて、又実際よくいゝ詩人を見付けてくれてゐるのに驚く。

●草野の印象はかけば沢山あるんだが、何分にも近い目標なので、流れ弾丸の殺傷能力も結局発揮しないことにした。いづれ褒貶自在の秋がくるまで預けてをく。

●もうらうと無責任な一文をかいたが、単なる彼の印象すらも記せなかつた。与へられた紙数もこれだけなのでこれだけにしてをく。この廿一日には彼が上京してくるから、その時でも彼をよく見てをかう。一枚絵のやうな筆で彼を描くのは決して至難事ではないが、それは無下なことでしかあり得ない。鞭でぴんぴん彼を叩くことが出来なかつたら、こんなゴマカシのまゝの方がさつぱりして彼にとつても身がるいだらう。

●くれぐれもこれはかりそめの筆のすさびであることを添へる。

●雨が降つた上に連日の所用であやふくこの約束もすつぽかしさうだつたが……。（九・九夜）

〈『詩神』第五巻第十一号（昭和四年十一月一日発行）掲載〉

詩人交遊録

僕のリネオ芳名録は各種各様の芳名を内蔵してゐる。その中で詩人の芳名はむしろ全数の十分の一にも当らない少数である。

それだけに僕にとつて又と得難い好しい人ばかりである。

云ひかえれば『よき同業者』である、『好朋友』を沢山持つてるといふ事になる。だから、之等の人々を列記すれば、黄瀛の詩人交友録となるらしい。これらの人々と僕とは一線、或は複線を以て交遊してゐるにちがひない。とは云へ、まん然と僕とこれらの人々とを考へる事は出来ない。だが、『詩人交遊録』と題されては何をかきしるしていゝか？　まん然と案じ、まん然と書かなければ交遊録とはなるまいから、御迷惑乍《なが》ら各友人を列伝的にかきしるして行くと共に軽くおのれとの関係を述べて行かうと思ふ。

併し、此処に登場されない友人があつても、それは彼自身諒としなければならない。何故にと云へば僕だつて忘れることがある、一瞬間、ほんの一瞬間忘られることはむしろ誰にだつて有り勝ちなことで、僕を笑つてくれて事足る事である。

さて、リネオ芳名録といふのは戸籍調べの巡査の持つてる部厚なノート風なものと思へばまちがひないが、一々このノート参照で交遊録記事を作るべく、あまりにも気まぐれな僕である。だから、胸にひゞく、心をかすめる（実際そんな友達は男性には仲々発見出来ないし、女性は重量がなくて資格を欠く。）やうな人から記したいが、及そ形式ばつてインチキぶつてしまふから、やはり今日来てくれた昨日訪ねて行つた人々から記すことにする。何といつてもこれらの人々が一番印象深いものであると思ふ。

と、思ふと、すぐ栗木幸次郎や安藤一郎、木山捷平、長田恒雄等の人々を思ひ出す。殊に最近『阿佐ヶ谷三四八』に移つた僕は吃るが故に阿佐ヶ谷のアの音が云へないんだ。為に阿佐ヶ谷——新宿間のパスを求めたものだから、最近の交遊も及そこのパスの有効区間だけに廻転してるといふわけなのだ。

　夕方、ふらりと家を出たところで、阿佐ヶ谷銀座は一寸つまらないし、結局パス一枚の強みで中野の内野健児夫妻宅を邪魔したり、東中野のぼうふらこと長田恒雄とぶらついたり、大久保の木山が書斎をかきまはしたりするのだ。内野健児の所謂宣言社はいくらタバコ好きの僕でも六本のタバコをおとして行かなくてはならない、遠い野方町なのでよくよく用事がなければ行かないが、近くに友人Hの開業してゐる酒場『あるがんていな』があるので、ついふらふらと内野大人宅まで行つてしまふハメとなるのも宜なる哉、時としては井上康文宅まで遠征して遅くまで四方山ばなしに終電車の客となるのも珍しくない。

　長田恒雄とは九段時代から仕来してるが、毛のない頭、ヨタアキーは夜がふけるほどに元気が出て来て人情じみた会話をする。人がよくて、東中野辺で相当な顔役で、ジヨン・パーカ大尉のやうな歩き方をして、ばか笑ひをする詩人的詩人こそ彼である。木山とは何年といふ長い月日の友人であるが、彼の山とある逸話は万人周知で将又珍無類である。大久保駅から三十秒位のところに住んでるから、用がなくてもあつても大久保を通れば木山を訪ねるが、仲々彼は僕なんかに捕らないほど近来外出勝ちで、ひよつとすると日頃熱望してた麗人を得たかも知らないと彼を訪問してマイナスを食つた連中の下馬評である。もしもこの事が本当だとしたら、彼も彼の友人諸君も祝福してくれ給へ。それほどにお嫁さんのほしい木山捷平は在宅だと云ふと、半裸体でぐうぐうひるねをしてゐる。『ゐるか？』と呼べば『だれだあい？』と裸体のくせに頭に帽子をのせて窓から首を出すのも彼らしい。この一件と安藤一郎の手紙の文面の『裸で失敬！』とは蓋し東西の好一対である。

木山について云ふべくあまりに多いが、彼の詩集『野』は正しく昨年の詩壇の花形であつた。之を評して農民詩と云つた人があつたが、それはさて置いて木山の詩を評して無技巧朴拙だとほめた人も沢山あつた。僕は彼ほどテクニシアンはないと思つてる。それは人間を知ると尚更よくわかることにはちがひない。だが、『野』だけを見ても彼ほどすぐれた技巧人はまあ石川善助を並べなければ対照がとれない位な存在だと思つてる。

——話は意外に外れてしまつた。

僕の交遊録の中で栗木幸次郎はあまりにも画ばかり描いてるので、果して彼を詩人と呼んでよいか？　だが、栗木は断然詩人だと僕はおのれ自身に反撥してゐる。色のあさぐろい画家（？）彼との交際も六七年になる。そのかみは十八貫もかゝつた角力部屋の取的然とした彼も思へばはかないものだ、今は正真のモーダンボーイでネクタイのないシヤツ党員である。

彼の版画については今此処で云ふまい。最近麻雀にうつゝを抜かしてるとの由。そのうち麻雀五段栗木幸次郎と変るかも知れないが、二人して遊べば、麻雀といふ遊戯以外ならば大ていの事は楽しめる。それほどの友人だ。

安藤とも可成古い時代の友人だ。昨夜上州の山へ行くからと、お別れに来たが、よもや今日この黒表に上るとは思はなかつたらう。マジメな学者肌な型！　小気味のいゝ黒さ！　一名シヤムの皇子！　この頃冗談がうまくなつたので栗木博士もこの貴公子の健康を祝してるとの事、そのうち帰京して滝俊一や田村栄、僕なぞとテニスの一戦を交へてシヤムの国威を輝かすにちがひない。

ちなみに彼はこのテニス合戦に於てもつと黒く相成るであらう。誰か評して詩壇の黒人に栗木幸次郎、野長瀬正夫、伊藤信吉、井上康文、安藤一郎と云つたが、それはそれでとかく山登りをしたり、テニスをしたり、『思想以後』の彼の血色のよさを楽しまふ。

それから、今は大分遠くなつたが、九段にゐた頃は『森です。小森です。』とよく遊びに来た森竹夫、小森盛もなつかしい。

彼等とは今は葉書の通信か、よくよくでないと会へない。距離といふものを僕はこんな場合考へて見たりする。

距離といへば鹿児島にゐる半正夫、小野整、兵庫県にゐる坂本遼、前橋の萩原恭次郎、草野心平、花巻の宮澤賢治、仙台の関谷祐規等も忘られない友人だ。

この人達の事については仲々簡単に記すことが出来ない。僕のやうな青二才に春秋に富む有為の友人がゐると思ふといゝ気もちがする。

その他、古賀残星、岡本潤、尾形亀之助、サトウハチロー、赤松月船、いろいろな人についても大ひに自慢したいが、東京にゐる人でも仲々会へない友人が多いので、かうしてペンを執つてゝもなつかしい。その他まだやつて見ないが運動家の村野四郎や山崎泰雄、諸君とも烈日の下で見えたいものだ。

以上、僕の交遊録はまとまりなくなりすぎた。月原橙一郎に云はせると、僕なぞは詩壇のフリーランサーだと云ふが、わるく云へばルンペンだ。もつともルンペンであつたつて構はないには構はないが、先述がないと云つた詩壇の友人でもかうして書いて行くと可成な数である。この原因は蓋し僕がフリーランサアな故であらう。とは云へ、唯顔広きが故いゝのではない。何かの会でいつも会つてるが、一ぺんもしたしく話さない友人も友人だらうか？　僕は友人が沢山あることを誇りたくはないが、いゝ尊敬すべきつき合ひいゝ友人を沢山持つてる事を喜ぶ者である。ある小説をかいてる友達が詩人つてみいんないゝ人間だと云つたが、甘いかもしれないが、僕もさう思つてる次第である。いゝ人間だからと云つて詩人だと云ふ事は出来ないぢやないか？　さうである。併し、僕達の友達仲間はいゝ人間だけでは気のすまない人間であるから面白い。いろいろな研究心に燃えてるから面白い。

近日、野球をやつたり、テニスをしたり、競技をしたりする一日を得たいと思つてるが、誰か賛成してくれないものかしら。

何だか交遊録が脱線して来たが、いろいろ書けばしこたまと面白い話があるが、一寸眼を悪くしたので長く記すことが出来ない。他日それこそ正々堂々たる交遊録を描いて日本滞在の記念にしたいと思ふ。

まことに尻切れとんぼだが、これで擱筆することにする。

僕のこの一文は単なる月旦記事でくれぐれもつまらないと思ひ乍ら、今夜自分自身なぞをみつめたりしてゐる。

〈『詩神』第六巻第九号（昭和五年九月一日発行）掲載〉

日本東京

気がつかなかつたことだが、此の雑誌の扉に日本東京現代書房発とあるのを僕は少しなつかしく思ふ。もつとも東京の住人から見ればばかばかしいかも知れぬが、南京の住人はこんな阿呆くさいことにも感心する。

この三年間は忘れられてる僕にとつて忘れられてる気安さを感じさせた。例へば今夜はるばる南京へ出て見た映画春江花月夜（Tel me tonight）の中のテナー・フイラルの如く、僕にしろ一時は詩人たることに喜びを感じなかつたものだ。だが、それにしろ「詩」は僕から離れなかつた。之は即ち日本東京発兌の詩人時代や旅順の矢原禮三郎といふ人の送つてくれる雑誌麺麭が時々僕を詩人にしてくれるからだ。この忘れやうとする僕を忘れさせないやうにする詩はパンのために一字一字埋めてく小説家の小説よりも僕にとつては少くともアトラクシヨンを惹いたとも云ひ得やう。思へばこの三年間僕はまるつきり従来の詩友とは文通もしなかつたが、詩をいつも書いてゐたのは僕の病気ではなかつたか？　僕は今でも不思議なやうな気がする。僕の如き詩人は所謂詩人ではないかも知れぬが、とにかくちよび筆で詩らしいものをよくも何年と書きつゞけて来たものだ、と思はざるを得ない。尤もこんなことを僕は考察的に考へたことはない。こんなことを考へることは愚の骨頂だ。僕のやうな詩を書く者はいはばフリー・ランサーで、それが故気軽で人見知りもしないし、何処の波をも風をも関せず、かうしてわがまゝだ。しかしかつ云つても僕は日本の詩壇のフリー・ランサーではないらしい。忘られるべく努力してゐて、そのくせ「詩」が照明燈のやうに僕をてらしてるに過ぎないのはいつも不思議なことだ。

とにかくこの二三年は僕をして日本の詩を客観的に見させた。あれや、これやとうるさい、小うるさい詩人仲間の一切の交際圏外に在ることはどれほど気がるいか知れないと思ふが、之は僕らの昔の仲間で当節一寸小説をかいて名の在るがまゝに昔の古巣を砂で蹴る連中よりは、僕の方がのんびりしてるらしい。しかしこの二三年間の逃避の中で、僕は日本の詩の進歩を明白に説明出来ない。一きり菱山修三や逸見猶吉《へんみゆうきち》等のものすごい『練習ぶり』を見せられて日本の詩人も世界的に近づいたと思つたが、彼等よりも彼等の周囲が悪かつた故に、その後僕は一寸も恐しいといふ気になれなかつた。

その代りこの二三年間何と云つても「読む詩」「見る詩」「唄ふ詩」と日本の詩がはつきり区別されたことを否むことは出来ない。併し、「読む詩」は日本語の本来のリズムを忘れ、「見る詩」はエヽをそれ自身から失ひ、「唄ふ詩」は自由をうばはれ、僕らは今現実的に詩のさびしいことを知つたやうだ。この点、僕如きものの論を待たずとも、詩論家一家言があると思ふが、むしろこの三種類をごつちやにして詩をかいてる連中の作の方がいゝものがあつて、読み対へがある。僕は一歩退いて「詩」を見てると云はれるかもしれないが、之と同じく日本の詩は「わかり過ぎる詩」と「わからな過ぎる詩」とも区別することが出来る。最近この二派の立会演説みたいな場面を度々見せられたが、イデオロギーの問題と同じく、論ずるためには行軍将棋の如く公正なる審判官を必要としまいか?

之と同じく詩人といつた人達がお互ひに人身攻撃や悪宣伝をしてるのを見たが之は全然つまらないことで、論理以後のことに属し、顧み、予想すれば、之らのお歴々は昔も今も変らず板のついた人々が表演してるやうだ。そしてまた、女の人達の書くもののよいのにもめつたに遭遇しないことも僕らにとつてつまらなかつた。こんなことを云へば柳眉の槍に突きさゝれるかもわからないが、事実の証明するところ、女性詩人らしい作品は此処のところ寡見かもしれぬが、先づないと云つてもいゝ位である。又、僕は大勢の仲間が同人雑誌、或は准同人雑誌によつて団体的進出をくはだてゝる連中の成績もぢつとみつめたが、スケールの小さいのを詩といふ誰かの妄言の信者の如くすべてが清楚となるか、イミテエシヨンのイミテエシヨンとなるかで、例へいかにうまくその組の評論家の提燈が高く明くても、まるで意味がなかつたことは僕のやうな鈍助でもすぐわかつた位つまらなかつた。

こんなことを書きつらねて行けば、まるできりのないことでつまらないが、之も遠くの方からわかることで有りがたいことでなくては何であらうや？

僕は大体忘れられてる僕を大の神様に感謝すべく筆を執るのであるが今幾多の詩の妄者から沢山の耳光のお見舞を受けるやうな言辞まですべてしまつたが、日本東京のまん中にゐない故思ふまゝの言葉が云へるのだ。かるが故、日本の詩の雑誌をしみじみよむことも覚えた。

僕は遠く在るためか何かにつけても昔の友人を思ひ出すのもありがたく、益々僕のマンネリズム的な詩を書かうと決心することが出来る。

僕は一ころ刊行を発表した詩集瑞枝が出版責任者鳥羽茂君の馬力で早く刊行されることを事度に考へてる。僕のやうに忘れられ、忘れやうとしてる詩を作るやつこさんでも、一旦発表した詩集出版の件に関して他人様の信用にそむいてはすまないと切切に思つてゐる。僕の詩集もこれは日本東京鳥羽茂の何とか書房から出るのだが、出版責任者の鳥羽茂があまり詩人で、僕があまり遠くにゐるので、この「瑞枝」も難産を習慣とした母胎のやうにあぶないものだ。話が余事にわたつたが、遠くに在る利害の一班として此処に如件で、僕は決して藪から棒に筆をすべらしてるのではない。

要するに日本詩壇の動きをしらないがその代り東京を去つてから日本の詩壇がはつきりと見えるやうな気がする。恐らく此の点、僕よりも幾年前に政治屋になつた陶山篤太郎や、才筆面白いサトウハチロー、諸君は之らのことに関してより多くわきまへてるであらう、多分。否、之は閑話休題、日本東京発兌の詩の雑誌を南京下んだりでつくづくよんでると、詩をかいてる乃公自身の貌さえわかるやうな気がしてくるのだ。と、同時におのれを詩人だと思つてなかつた頃が思ひ出されるし、無意識的に昔の詩の仲間といふより、遊び仲間に会ひたくもなるのだ。会えばお互ひにちぐはぐな感情で外交的になることは知りきつてるが、矢張り、之も僕にとつては日本東京的のなつかしさだ。恐らく向ふさまにしろ、南京の二字でこの僕を思ひ出してくれると同じく、神戸の竹中郁、京都の坂本遼、岡崎清一郎、鹿児島の小野整、花巻の宮澤賢治、東京の沢山な先輩、同輩、之等の人々がじつと胸に迫つて来てテレビジヨンの発達の遅々たるを誠に嘆かざるを得ない。之は実際の話で、さりとは云へ東と南の京《みやこ》は距離の上といふより、この頃のやうな状態では近くなく、あまり遠くなつてしまつた。

僕はこの一文が六号か何かで組まれる頃の冬を今夜思ひ乍ら、久しぶりで綴方をつゞつてるかも知れないが、この綴方は感情ばかり出過ぎやうとして、僕のこの頃の日本語のやうにまるでダメなやうだ。とは云へ、之だけ書いてしまつてしまふと、ぐつたりとした僕が昔の知人に忘れられてないと思ふのは、僕のいつものうぬぼれでなくて、どうも本当らしい。

僕は僕の見えるメガネを出していろんな人々をうつしてゐる。

日本の詩人の走馬燈が眼の中でまはつてゐる今夜——忘れられやうとした僕がこんな一文は面白くも何でもありやしないが、日本東京現代書房兌の雑誌詩人時代は僕のやうな遠い位置に在る人をしてこんな綴方をつくらせる。之は僕のぐうたらな夜中の目ざまし草であらうとも、之を見る人々にとつては又意外にこんなやつこんな下手な雑文をかいてると忘れてくれない希望を僕は見えるメガネの中心とピントを合して見てゐる——。

追啓。この文をかき終つた時、宮澤賢治君の逝去の報に接した。やつぱり本当に病気がよくなつてゐなかつたのか。人の一生のもろいのに今更感慨無窮。ついこの間、雑誌麺麭である人の宮澤賢治論をよんで、なつかしく思つてたところであるのに……。

今年は石川善助君といへ、彼と云へ、東北の詩人の死去に不思議な因果因縁を感じる。

〈『詩人時代』、昭和八年十二月号掲載〉

南京より

一九二九年の春、学校の卒業旅行が発表された時、私は随分よろこんだ。それはもうすぐ卒業する喜びでもなく山海の自然美、新知識への喜びでもない。北海道から東北一円にかけて、私を惹いたものは宮澤賢治君の存在だつた。私達は予定通り室蘭から仙台までの各処で歓迎され、名物名所を体験したが、花巻に於て宮澤君と最初にして最後の会見をしたことは今でも思ひ出すことが出来る。北海道の桜や青森の馬もよかつたが、汽車がいち早く花巻についた私は区隊長に臨時外出を願つたのだ。「誰に会ふか？」と問はれて「詩人だ」と答へたら、「俳句を作る人か」と云はれて少しくむつとした。区隊長は花巻温泉へついてから休暇をくれた。みいんなが雀踊といふ余興を見てる夜、私だけ電車で花巻まで引つかへして宮澤君を訪ねた。案じてるやうに初めての花巻で、しかも夜道のため、宮澤君の家がわからなかつた。

人力車にのつて小一時間の後、大きな金物屋が彼の家であつた。お父様がこられてこの珍しい軍服を迎へて驚いたやうな表情をされた。店にある大きな電線図が私の目に今も思ひ出す。私は五分間だけといふ条件つきで宮澤君と面会した。

その時既に何度かの病気で、危篤から少しよくなつた時だといふことをきゝ乍ら——私はすぐ帰らうと思つたら、弟さん（？）が出てきて、本人が是非とほせといふからと云ふので、宮澤君の病室にはいつた。私達は二人の想像してる個々の二人を先づ話したやうだ。五分間がすぐ立つのを気にして私が立とうとしたら、彼は何度も引きとめて私達は結局半時間も話したやうだ。それも詩の話よりも宗教の話が多かつた。

私は宮澤君をうす暗い病室でにらめ乍ら、その実はわからない大宗教の話をきいた。とつとつと話す口吻は少し私には恐しかつた。

宮澤君の生理的に不健康な姿に正対して、私はそのあとで何を話したは覚えてゐない。彼のお父様からも、二冊の宗教に関するパンフレットをいたゞき、人力車にのつて花巻の停車場へかへつた。途中で、淡いぼんぼりを見た幼児の喜びと同じい幸福を感じ乍ら、この人の病気の回復を心中に念じ乍ら、私は妙にくらい気持ちも感じたのであつた。

私の宮澤君を知つたのはこの時以外に全くなかつたのだ。私の会ひたい人に会へたのは喜びと云へやうが、病床の彼がその後もしきりにいたついて遂に立たなかつたのは、私のみならず日本の詩界をさみしくさせる。

私は元来批評めいたことの云へない質であるが、先きに東北の詩人石川善助君を失ひ、今又宮澤君を失つたことは友人として益々さびしい。彼が有する才幹。彼が存在は云ふまでもなく「春と修羅」

にてもその一班をうかゞわれるがあまりと云へば彼の昇天は無慈悲だ。
詩人としての交渉は雑誌「銅鑼」で彼と伍したが、もつと古く云へば日本詩人で佐藤惣之助氏が「春と修羅」批評以前に私は彼を知つている。
私とある一時期仕事を同じうした獣医は彼と盛岡高農で同期だつだ。草野心平、栗木幸次郎諸君による彼の噂、それも今となつては悲しい思ひ出であつて、思はない方がいゝかもしれない。

先きに家母を失つた私をして近来めつきり沈ませるものは人生の暗転だ。誰が明日を予想出来るか？　私は宮澤君を今は彼が信ずる浄土にて法悦の道にいそしんでるやうに思はなければならない。地獄に堕つべき運命の私が仰いで彼を見上げる時、彼はとつとつと上から私に話しかけるであらう。宮澤君の詩がどれほどの価値を持つか、それは彼の人間の何分の一、何十分の一に過ぎない。それよりもたつた一ぺんお目にかゝつたのみの私は、この期に際して彼を知る士より、もつと多く彼の話をきゝたいと希望する。

〈『宮澤賢治追悼』、昭和九年一月掲載〉

高村さんの思い出

昨夜、ふるさとの四川の葉タバコをくゆらし乍ら、『高村さんの思い出』を書こうとしたが、いくらあせっても書けなかった。之は心の昂ぶりか？　亦は亡き人えの感情の発露？　とにかく私の心の中では、高村さんは生きている。千山万水、大陸の山奥でまだ生きてる日本の偉大なる彫刻家にして詩人の高村光太郎をしきりに思う。思えば思うほどペンが走らず、一字も書けなかった。結局二、三時間記念会から届いた高村さん晩年のお写真と、高村さん造るところの私の少年時代の『首』を眺め乍ら、しきりに葉タバコばかりのんだ。

今朝、朝から雨。ぬか雨にぬれ乍ら食堂え行き、帰えってくれば篠衝くばかりの雨が快く降りしきった。（今日何とかして高村さんの思い出を書いてしまおう！）記念会の北川さんは気分のよろしい時書くようにおっしゃったが、何しろ此処から東京まで野越え、山越え、海を越え、さらに客観的道草を計算に入れると、大へんなスロモーな原稿になっちまう。かるが故に笠をかぶり、雨を冒して大通りの茶館え行って『高村さんの思い出』を書いた。

私と高村さんとは、私が十七歳から十八歳にかけて東京朝日に詩をのせてもらった、あの頃から始まる。一人の文学的アンビシャアスに燃えてた中学生として、中野秀人さんから高村光太郎が私の詩を注目してるときいた時、どんなに少年の私をよろこばしたであろうか？

私はその頃青島日本中学の寄宿舎で、高村さんの詩集「道程」を読み、中川一政さんの「見なれざる人」、村山槐多の日記やエやを愛した。よく詩集の中の〝両国橋の橋の上〟を朗読したり、アンソロジー日本詩集にある「米久の晩餐」の詩も好きだし、多分智恵子夫人と御一しょに山の上で作った詩も好きだった。当時東京朝日に高村さんは「春駒」「氷上戯技」の詩をのせた。みいんな愛読おく能わざるものであった。私は雑誌「明星」に高村さんの詩があると、ポケットをはたいて、求めたりした。

その高村光太郎氏に自分の詩が注目されてるときいて、私自身手の舞、足の踏むところを知らず、と云うような喜びを感じた。
〔注〕その頃の東京朝日には重広虎雄、富田常雄、赤松月船、萩原恭次郎等、確か三好十郎も詩を書いていた。

私が中学を卒業して、あくがれの東京へ行った時、朝日に中野秀人さんを訪れ、駒込林町廿五番地のアトリエで高村さんと初めてお会いして、まるで昔からの知り合いのように待遇された。それから以後私は高村さんとこの常客になり、毎週一回きっと高村さんをお訪ねしては、いつも大きなふところの中にねてる赤児のような快適さに陶然とした。（最初に高村さんにお会ひした時、どうしたのか私は「高村先生」の尊称を口にしなかった。事実私は「高村さん」一点ばりでとおしてきた。之は今考えて見ると尊称と愛称全部此の中に含まれていた。）

高村さんは当時子供であった私に対して、お忙しい時でも歓迎してくれた。勿論私は私でお忙しい時は決して長者に対して礼を失しなかった。「今日大したこともない、まあどうぞ！。」一高村さんは忙しい時でも私を引きとめて、ドアーをあけてくれた。私は私で、こんな時だまってアトリエのいつもの席につき、高村さんの大きな手が木彫のナマズを彫ったり、「施無畏」（?）の手をこしらえたりしてるのをだまって見つめていた。仕事が終れば、二人は四方山ばなしをし、私の記憶によれば高村さんは私にあまり文学の話や詩の話をしなかった。むしろ私達二人きりだといつも高村さんは私のトホウもない話のきゝ手で、時々「ホウホウ」とうなづかれ、メガネの中の細い目がさらに細くほゝえまれた。あまり話がはずみ、お茶がない頃になれば、智恵子夫人がアトリエえ見えられ、お茶の補給をしたまゝ私らと一しょに談笑した。

その頃高村さんのアトリエには若い人があまり来なかったようだ。私より年上の美校卒業まぎわの山本雅彦さんが日曜の朝見えられたりした。豊周氏、尾崎喜八さん、髙田博厚氏なぞもこのアトリエでたびたびお会いした。水野葉舟先生が印旛沼の畔から上京される度に高村さんとお二人で静かにお話なされた。此の後、草野心平が林町のアトリエに現われるようになってから、若い詩人達がくるようになった。此の中に酒癖の悪い人やペダンテイックな連中もいた。高村さんの大きさはこんな連中すらにも一々親切に応接されていた。こんな連中もしらずしらずのうちに大きな霞のような高村さんのヒユマニテイーに大人しくなった。丁度「西遊記」の中の孫悟空が如来の掌の中に在る如く……。

高村さんは少し仕事でお金が入ると、よく私なぞに御馳走してくれた。筒っぽのキモノ、袴をはいて、古い中折れをかぶり、冬はインバネスを身にまとった大きな体格の高村さん、そのおともを承って二人とも無言のまゝ本郷のペエブメントを歩いたりして、夕食をしたり、お酒なぞをのんだ。時には銀座なぞえタクシーで遠走った。今も覚えている——草野心平が広東から上京して私の紹介で高村さんのところえ見えてから、三人して大学前の「鉢の木」でよく語りよく飲んだ、印象深い夏の夜。今、青島時代の同窓が私の病気見舞いに東京からはるばる送つてくれる雪印パルメザン粉末チーズを見ると、高村さんがよくチーズをおさかなにビールなぞをのんでいたことを思い出す。高村さんは寒い日思い出したように緑色のねちねちした甘いベネディクティン（ドム酒）を何処かから持ち出しては御馳走して下さった。「若い女ののむ酒ですよ。」初めてベネティクティンをのむ時高村さんは私に解釈してくれた。

私が高村さんからアメリカ、巴里時代の苦学生活をおきゝしたのもその頃である。私に云わしむれば高村さんは若くして労働を体験し、種族岐視の問題なぞに関してても深刻なにくしみを持っていた。今もし高村さん世にあれば、今の世のいろいろにきっと一定の高見を持ち人々に対してもずい分貢献するところがあっただろう。

高村さんは私のどう云うところが気に入ったか?私をモデルにして『首』をこしらえたのも此の頃。之は私の少年の頃、Gamin 気取りの一時代を表現している。毎日の午後、廻転台の上の籐椅子に腰かけては高村さんにくるくる廻された。ベエトヴエン＋ミケランジエロ高村さんは私に退屈させないためかある時笑い乍ら私の顔をこう批評した。うぬぼれではない、その頃私は相当ハンサムでもあった。事実さうか否やは人ぞ知る。今五十六才になった自分が云ったところで誰も信じやしまい。とにかくその頃利かぬ面魂をしてたことは確かだった。

高村さんが私の首を作る時、私は高村さんの丹念な仕事ぶりを見るとはなしに意識した。例えば女子大の成瀬さんの胸像を引き受け、ずい分念入りにやっていたことも私は知っている。

高村さん!高村さん!あなたは私の心の中で生きている。

今は跡形もない駒込林町のアトリエも私の心の中で、完全にそして鮮やかに存在している。世評はともあれ、第一回「日本詩人」賞をかち得た私は、夢みたいなお医者になる志望をすてゝ、当時既に東京の詩人界で活躍していた。だが、毎週必らず一回あなたを訪れ、まるでオアシスをみつけたようにあなたのアトリエでくつろいだ。かるが故に日曜したしい友人が私をさそっても、決して応じなかった。日曜の午前中はきっとあなたを訪れた。その頃駒込林町は既に住宅化されていたものの、道灌山の疎林、静かな砂利道、少し大正の地震前の自然風景が残っていた。今でも私は季節季節による林町の風景をはっきり覚えている。ある時光雲老先生が見えられ奥の方で咳の声がきこえたり、ある時書斎から流れてくるヒヤシンスの花の匂いがアトリエまでやってきた。殊に一番好きなのは雪のふる日、高村さんのアトリエでストーヴのそば、熱いお茶をのみ乍ら時には落花生をたべた。歯のわるい高村さんは少しも食べなかったように覚えている。夏は夏でアトリエに大きな特製の渋団扇がおかれて、どんな暑い日でも高村さんのアトリエえ行けば涼しかった。

高村さんは若くして亡くなられた詩人石川善助や八木重吉の遺族等にひどく同情をよせられた。アトリエの一角には梅原竜三郎の巴里時代、青年の頃の自画像がかゝげられてあった。はっきり覚えていないが高村さんは誰か自分の作品とこの自画像と交換したように話された。高村さん！あなたはいつかどう云う風の吹きまわしか、ロンドンで習われたヂャクソンダンスを話されたばかりか、お立ちになって一寸踊られた。時々、そっと浅草なんかえ行ったりして、私にその話をなされた。もともと下町で生れた高村さんにとっては、下町はなつかしかったにちがいない。

私が文化学院で人気者だったことも高村さんは誰にきいたのか、よく御存じであった。高村さんは決して若い人に教訓らしい話をしなかった。だから、私は私で何でも高村さんえお話した。例えばある彫刻家の娘さんとしたしかったこと、ある古典画家の娘さんとどうして知り合ひになったか？私の帰国前あるエキゾチックな娘さんにつきまとわれたことなぞ。そんな時高村さんは「ホウホウ」と云つてきいて下った。かつての日智恵子夫人と熱烈な恋をしたと云うこの長者の前では私なんか渺小たるものだった。あの頃高村さんにはお若い時のデカダンスもなく、何処にも、そして一寸もそのカケラすらも認められなかった。妹が天津から来た時、特別彼の女をつれて高村さんとこへ上り、御夫妻とも妹を可愛がって下った。日本語のわからない妹に高村さんは何十年も使わなかった英語で話された。

私が士官学校へ入った頃、私は演習地から高村さんへよくお手紙をさし上げた。その頃高村さんと木下杢太郎さんが私にくれた手紙やエを描いた葉書と、帰国の時特に高村さんが短歌や詩の一節を書いて下った色紙を珍蔵した。之らのものは中日戦争中不注意にも遺失し、今思えば実におしい。

戦争は一切をミヂメにさせる。戦争のため私は非常に愛してた人との結婚をふりきった。人を幸いにさせることの出来ない境遇上この方法以外人を幸いにさせ得ない。私は戦争による今の自分を回想すると共に、戦争中、私が敬愛する高村さんがペテンにかけられ、後日非常に御気の毒な生活をなされたことをしみじみと思い出している。戦争がなければ高村さんはもっと長生きされたことだろう？戦争中、高村さんが夜な夜な駒込辺の小さな酒場でお酒を召され非常にデカタンで在られたとの由、宜なる哉わるい社会環境は我が高村さんをかくもミヂメにさせた。殊に晩年一本の歯しかなかったとの由、そのたった一本の歯もま夜中電信柱とぶっつかって、即ち高村さん自身の云うところの「自爆」で一本の歯すらもなくなった。当時の御心境を後からおきゝしてどんなに私を悲しませたか？駒込林町のあのオアシスも戦争ですっかりなくなり、花巻の宮沢賢治の弟さん清六さんのところへ行かれた。

戦争後、南京ではからずも草野心平と会った時、私は何よりも先きに高村さんの近況をお尋ねした。私はその頃心の中で戦争をにくみ、「勝利者」として花やかな気もちは一寸も持てなかった。何とかして軍服をぬぎたかった。何とかして東京へ行きたかったが、之らも俗務のため、成功せず、返って南京に於て東京の駐日代表団の仕事や処理を押しつけられ、その他非常に肩のこる仕事をも渡されてずい分心中むづがゆかった。上の人からは和平後アッタシニーとして東京へと約束のビスケットをくれた。（光雲老先生もあんなに長生きされたから、高村さんは決して死なない、少しおだやかになったら東京へ行かう！）こんな考えは思えば実にはかない、詩人の幻想とでも云おうか？

高村さんの死を知ったのも極最近。之も詩人草野からの特報で、彼と私とは始終杜絶え乍らもいつの間にか友情が修正され、積みかさねられ、実に不思議な関係をもって来た。

草野が帰国されてから、きっと高村さんをおなぐさめしたにちがいない。

この反対にかつて破格の知遇を受けた自分は、俗務と戦争の為に晩年の高村さんに何らの慰めもし得なかった。こんなことを今しるせば無下の骨頂かも知れない。十三年前雲貴高原で私は所謂大逆の最後の一戦にあり、そして又人民の行列中に立ちかえっていろいろ数奇のある生活の中で、その中でいつも私は東京の友達や高村さんを忘れなかった。軍服をぬいで、一ケの平民として東京え行かう？

東京には高村さんがおられる！併し高村さんは私を待たず巨木の倒れるように仙逝してしまった。高村さんの死は私をしてアンタンたるものを感じさせる。一九六一年の冬から一九六二年一月にかけて私も一ぺん死んで又生きかえった。高村さんなき日本を思うと、私の長年身にしてた東京へのあくがれも悲しい長い尾をひいてその光彩もさめはてた。幸いにして私の第二のふるさと東京にはまだしたしい友達が沢山生きてる。

高村さん！私は今しきりに生きぬくことのよさの中で和平のため、中日友好のため、世界人民大団結のため、最後の御奉公をしている。文学による私のなけなしの才能果してその任に堪え得るや？四面八方、非常に多い困難も私は恐れない。あなたを思う度に少し文学的に活動したい、あなたは九天の上で「ホウホウ」とうなづいてくれるであろう！きくところに依ればかつて貴方は佐渡おけさの文句に非常に感心されたとのこと、多くの人に愛され、歌われる詩こそ本当の詩であると私もやっと此の頃わかって来ました。

私は篠衝くばかりの豪雨を眺め乍ら「雨に打たるるカテドラル」、茶館のケンケンゴウゴウの中で「米久の晩餐」の詩の作者敬愛する高村光太郎さんの思い出をかいた。少しちぐはぐで実にまとまらない。他日機会があれば又しるしてみよう。

一九六二年八月十六日

四川　重慶にて

〈『歴程』第八一号（昭和三八年三月発行）掲載〉

黄瀛略年譜

黄瀛略年譜	日本と中国の主な動き（何応欽略年譜）
1906 年 10 月 4 日、中国・重慶に生まれる	
	1908 年 何応欽が来日。振武学校で学ぶ。蒋介石と知り合う
	1911 年 辛亥革命。何応欽が蒋介石らと共に参加
	1912 年 中華民国成立。国民党創立
1914 年 千葉県八日市場尋常高等小学校入学	1914 年 第一次世界大戦勃発。何応欽が日本の陸軍士官学校に入学
	1915 年 日本政府、袁世凱に「対華21か条の要求」を突きつける
1919 年 私立正則中学校入学	1919 年 五四運動が起こり、反日の気運が高まる
	1921 年 中国共産党成立
1923 年 関東大震災発生後、青島日本中学に編入	1923 年 第一次国共合作
1925 年『日本詩人』で第一席に選ばれ、詩壇の寵児になる。草野心平、高村光太郎と出会う。『銅鑼』への寄稿開始	1925 年 5・30 事件が起こり、排日運動が広がる。日本では治安維持法が成立
1926 年 文化学院に入学（高村光太郎が保証人）	1926 年 国民党の北伐開始
1927 年 文化学院を中退し、陸軍士官学校に入学	1927 年 日本軍による第一次山東出兵
	1928 年 国民党北伐軍が北京に入城。何応欽が参謀総長に昇進
1929 年 陸軍士官学校卒業旅行の折、花巻に宮沢賢治を訪ねる	1929 年 張作霖が日本軍に謀殺される（満州某重大事件）
1930 年 中野にあった電信隊に配属になる。第一詩集『景星』発刊	1930 年 何応欽が国民政府軍政部長に就任
1931 年 日本を離れ、南京で軍務に就く	1931 年 満州事変後、何応欽は塘沽停戦協定、梅津・何応欽協定に関わる
1933 年 王蔚霞と結婚	
1934 年 この頃上海で魯迅と出会う。第二詩集『瑞枝』発刊	
1936 年 中野の電信隊に用事があり、来日	1936 年 西安事件
1937 年 日華事変が起こり、日本との関係を絶つ。「漢奸」として処刑されたといううわさが流れる	1937 年 第二次国共合作
	1938 年 国家総動員法成立
	1941 年 太平洋戦争勃発
1945 年 南京で草野心平と再会。日本軍の接収業務を担当、帰国がかなわないでいた李香蘭を助ける	1945 年 何応欽が中国側代表として日本軍の降伏文書に調印
	1946 年 何応欽が失脚し、アメリカへ。国共内戦が始まる
1946 年 日本軍参謀だった辻政信と出会う	1948 年 何応欽が帰国し、行政院政務委員兼国防部長に起用される
1949 年 国民党将校として、共産党軍により捕虜となる。裁判の結果、重労働が課せられ、入獄	1949 年 国民党軍は共産党軍に敗れ、台湾に逃げる。中華人民共和国の成立
1962 年 出獄したが収入はなく、日本の友人たちが援助	1950 年 何応欽は台湾で総統府戦略顧問委員会主任委員に任命される
1966 年 文化大革命で再び獄中へ。日本との関係が糾され、11 年半獄中で過ごす	1966 年 文化大革命
1978 年 開放政策により出獄。四川外語学院で日本文学を教える	1972 年 日中国交回復
1984 年 ほぼ半世紀ぶりの来日。各地で歓迎会が開催	1987 年 何応欽が死去。享年 98
1996 年 宮沢賢治生誕百周年の集いに招かれ来日	
2000 年 銚子市に日本初の詩碑が完成。来日し、除幕式に参加	
2005 年 7 月 30 日重慶で死去。享年 98	

主要参考文献

〔公文書類〕

厚生省引揚援護局『陸軍士官学校　中華民国留学生名簿』

〔新聞・雑誌・報告書・年鑑類等〕

『改造日報』
『改造評論』改造日報館
中国新聞
『火山弾』
『週刊朝日』
『銅鑼』
『日本詩人』
『人間』
『晩鐘』
『文藝』
『木曜手帖』

『歴程』
草野心平研究会『草野心平研究』1～5
文化学院同窓会誌『おだまき草』第一集

〔日本語文献〕

青島日本中学校校史編集委員会編『青島日本中学校校史』西田書店　１９８９年
秋吉久紀夫『交流と異郷』土曜美術社出版販売　１９９４年
浅野亮・川井悟『概説　近現代中国政治史』ミネルヴァ書房　２０１２年
飯倉照平・南雲智訳『魯迅全集　第17～第19巻』学研　１９８５―１９８６年
石島紀之『中国抗日戦争史』青木書店　１９８４年
伊藤信吉『逆流の中の歌』泰流社　１９７７年
伊藤信吉編『新編学校詩集』萊書房　１９８１年
伊藤潔『台湾』中央公論社　１９９３年
今井貞夫『幻の日中和平工作』中央公論事業出版　２００７年
今井武夫『支那事変の回想』みすず書房　１９６４年
岩間一弘・金野純・朱珉・高綱博文編著『上海』風響社　２０１２年
内堀弘『ボン書店の幻』筑摩書房　２００８年
内山完造『花甲録』岩波書店　１９６０年

海野弘『上海摩登』　冬樹社　１９８５年
ＮＨＫドキュメント昭和取材班編『ドキュメント昭和　上海共同租界』　角川書店　１９８６年
榎本泰子『上海』　中央公論社　２００９年
岡崎嘉平太『私の記録』　東方書店　１９７９年
岡見晨明編『銚子と文学』　東京文献センター　２００１年
岡村民夫「詩人黄瀛の光栄」『言語と文化』第６号　法政大学言語・文化センター　２００９年
奥野信太郎『藝文おりおり草』　平凡社　１９９２年
小澤正元『内山完造伝』　番町書房　１９７２年
何応欽『世界革命と日本』　時事通信社　１９７０年
何応欽『中日関係と世界の前途』　正中書房　中華民国66年
加藤百合『大正の夢の設計家』　朝日新聞社　１９９０年
金窪キミ『日本橋魚河岸と文化学院の思い出』　私家版　１９８８年
亀井文夫『たたかう映画』　岩波書店　１９８９年
菊池一隆『中国抗日軍事史　１９３７─１９４５』　有志舎　２００９年
吟遊編集部編『詩と詩論──現代詩の出発』　冬至書房新社　１９８０年
北川冬彦他編『日本詩人全集　第９巻』　創元社　１９５３年
木山捷平『去年今年』　新潮社　１９６８年
木山みさを『生きてしあれば』　筑摩書房　１９９４年

草野心平『続・私の中の流星群』　新潮社　1977年
草野心平『わが光太郎』　講談社　1990年
草野心平『宮沢賢治覚書』　講談社　1991年
黒岩比佐子『伝書鳩』　文藝春秋　2000年
厳安生『日本留学精神史』　岩波書店　1991年
小泉譲『魯迅と内山完造』　図書出版　1989年
黄瀛『瑞枝』（復刻版）　蒼土舎　1982年
黄瀛「回憶の中の日本人、そして魯迅」　出典不詳
黄瀛「魯迅先生との幾度かの会見を回想して」　出典不詳
紅野謙介編『堀田善衞　上海日記』　集英社　2008年
小林英夫『日中戦争と汪兆銘』　吉川弘文館　2003年
小林文男『中国往還』　勁草書房　1991年
佐伯修『上海自然科学研究所』　宝島社　1995年
坂本多加雄・秦郁彦・半藤一利・保阪正康『昭和史の論点』　文藝春秋　2000年
佐藤忠男『キネマと砲聲』　リブロポート　1985年
佐藤竜一『黄瀛――その詩と数奇な生涯』　日本地域社会研究所　1994年
佐藤竜一『日中友好のいしずえ』　日本地域社会研究所　1999年
佐藤竜一『宮澤賢治　あるサラリーマンの生と死』　集英社　2008年

三代史研究会『明治・大正・昭和30の「真実」』　文藝春秋　2003年
島田政雄『四十年目の証言』　窓の会　1900年
島田政雄・田家農『戦後日中関係五十年』　東方書店　1997年
『詩人黄瀛　回想篇・研究篇』　蒼土舎　1982年
杉森久英『参謀・辻政信』　河出書房新社　1972年
杉森久英『人われを漢奸と呼ぶ――汪兆銘伝』　文藝春秋　1998年
高崎隆治『上海狂想曲』　文藝春秋　2006年
高綱博文編『戦時上海』　研文出版　2005年
高綱博文『「国際都市」上海のなかの日本人』　研文出版　2009年
高橋孝助・古厩忠夫『上海史』　東方書店　1995年
竹内好訳『魯迅文集』第5巻　筑摩書房　1978年
武田泰淳・堀田善衞『私はもう中国を語らない』　朝日新聞社　1973年
中央大学人文科学研究所編『民国後期中国国民党政権の研究』　中央大学出版部　2005年
陳祖恩、大里浩秋監訳『上海に生きた日本人』　大修館書店　2010年
辻政信『潜行三千里』　亜東書房　1951年
鄭振鐸、安藤彦太郎・斎藤秋男訳『書物を焼くの記』　岩波書店　1954年
東京詩人クラブ編『戦争詩集』　昭森社　1939年
南雲智『「魯迅日記」の謎』　TBSブリタニカ　1996年

野嶋剛『ラスト・バタリオン』　講談社　２０１４年
秦郁彦編『日本陸海軍総合事典　第2版』　東京大学出版会　２００５年
萩原得司『井伏鱒二聞き書き』　青弓社　１９９４年
林京子『上海』　中央公論社　１９８７年
羽根田市治『夜話　上海戦記』　論創社　１９８４年
半藤一利＋横山恵一＋秦郁彦＋原剛『歴代陸軍大将全覧　昭和篇／太平洋戦争期』　中央公論社　２０１０年
広中一成『ニセチャイナ』　社会評論社　２０１３年
広中一成『日中和平工作の記録』　彩流社　２０１３年
藤原恵洋『上海』　講談社　１９８８年
文化学院史編纂室『愛と叛逆――文化学院の五十年』　森重出版　１９７１年
北条常久『詩友　国境を越えて』　風濤社　２００９年
保阪正康『蒋介石』　文藝春秋　１９９９年
堀田善衞『上海にて』　筑摩書房　１９５９年
益井康一『漢奸裁判史』　みすず書房　１９７７年
松本重治『上海時代（上）（中）（下）』中央公論社　１９８９年
丸井英二・森口育子・李節子編『国際看護・国際保健』　弘文堂　２０１２年
丸山昇・伊藤虎丸・新村徹編『中国現代文学事典』　東京堂出版　１９８５年
丸山昇『上海物語』　集英社　１９８７年

宮沢賢治学会イーハトーブセンター生誕百年祭委員会編『世界に拡がる宮沢賢治』 1997年
村松伸『上海・都市と建築』 PARCO出版局 1991年
山口淑子・藤原作弥『李香蘭 私の半生』 新潮社 1987年
山中徳雄『南京1945年』 編集工房ノア 1988年
山中徳雄編・解説『「集報」——南京日本人収容所新聞』 不二出版 1990年
横山宏章『中華民国』 中央公論社 1997年
横山宏章『中国砲艦『中山艦』の生涯』 汲古書院 2002年
吉田荘人『蒋介石秘話』 かもがわ出版 2001年
劉建輝『増補 魔都上海』 筑摩書房 2010年

〔中国語文献〕

王敏主編『詩人黄瀛』 重慶出版社 2010年
高綱博文・陳祖恩主編『日本僑民在上海』 上海辞書出版社 2000年
中国社会科学院近代史研究所編『民国人物伝 第8巻』 中華書局 1996年

【解説】日中の架け橋・黄瀛を探し求める岩手の人

佐藤竜一『宮沢賢治の詩友・黄瀛《こうえい》の生涯――日本と中国　二つの祖国を生きて』に寄せて

鈴木比佐雄

1

〈黄瀛は相好を崩し、「ほう、岩手ですか」完璧な日本語で言った〉と佐藤竜一さんが初めて黄瀛に会った一九九二年八月八日の言葉を紹介している。これは第五章「黄瀛と私」で佐藤さんが重慶の黄瀛が勤めている四川外語学院の教員宿舎を訪れ取材した際に語られた言葉だ。佐藤さんは開口一番の黄瀛の語り口から会話が可能であることに安堵し、一挙に親しみを感じてしまう。宮沢賢治の研究者や愛好家なら賢治の亡くなる少し前の一九二九年に、花巻の自宅に会いに行き賢治と会話した黄瀛の名は心に留めているだろう。黄瀛は父が中国人で母が日本人で謎多き詩人だった。本書を通読すれば黄瀛の人生を追体験するような思いに駆られるだろう。そして第五章を読むと佐藤さんがいかに黄瀛の人生に魅せられ、その伝記をまとめていく神の導きのような経緯が率直に記されている。

佐藤さんは岩手県出身で、現在は岩手大学で日本文学を教える教員だ。同時に宮沢賢治に関する多くの著書、また石川啄木、草野心平など東北に縁のある文学者たちや東北の歴史に関する数多くの著作物を刊行し続けているノンフィクション作家でもある。その著作物の原点となったのが一九九四年に刊行した『黄瀛――その詩と数奇な生涯』であった。黄瀛は一九〇六年生まれなので今年は生誕一一〇年になる。佐藤さんは宮沢賢治学会イーハトーブセンター理事でもあり、今年生誕一二〇年になる宮沢賢治の詩友であった黄瀛を回顧する企画展の監修者の一人として尽力されている。今回、佐藤さんは二十二年前の黄瀛の評伝を大幅に加筆・修正した新たな評伝である『宮沢賢治の詩友・黄瀛《こうえい》の生涯――日本と中国　二つの祖国を生きて』を刊行した。

佐藤さんは、中国人の父と日本人の母を持ち、日中戦争などの悲劇を乗り越えて、二つの祖国と二つの言語を駆使して日中の架け橋となった人物の全体像を事実を通して明らかにしていく。佐藤さんが黄瀛へ注ぐ情熱は、黄瀛の生き方そのものが芸術的であることへの共感なのだろう。詩人であり翻訳者であり日本語教師であり軍人でもあった黄瀛の多面的な活動は、近現代の日本と中国の文化交流の困難な歴史の中で、詩人や芸術家との友情を通して魂の交流をしてきたことを物語っている。

本書は五章と資料編に分かれ、第一章「軍服を着た詩人」の第一節「詩壇の寵児」では、重慶の名門の出で日本に留学もしていた父の黄澤民と千葉県八日市場の才女であった母の太田喜智との間に生まれ、父の死後に八歳で来日し母の故郷に暮らした。八日市場尋常高等小学校では首席を通したが、中国籍のため地元の中学に入れず、東京の正則中学に入学した。佐藤さんは当時の黄瀛の内面を「自分は果たして日本人なのか、中国人なのか。思い悩むことが多くなった。詩作が日常となり、心の支えとなった」と記し、叔父の太田末松の「混血の二世というコンプレックスが自由詩に向わせたのではないか」という証言も紹介している。その後に黄瀛は青島《チンタオ》日本中学に入学し、その寄宿舎で高村光太郎や中川一政などの詩集をむさぼるように読み、一日に二十篇も詩を書いたこともあったそうだ。それらの詩の中から一九二三年に第一書房が発行していた詩誌「詩聖」に詩「早春登校」を投稿すると、十六、七歳の黄瀛の詩は多くの一流詩人たちに注目されるようになる。同誌には草野心平の詩も掲載されていて二人は互いを認め合うようになる。さらに一九二五年に新潮社の機関誌月刊「日本詩人」の新人賞に黄瀛の「朝の眺望」十篇が第一席として選ばれた。このことで黄瀛は当時の最も有望な若手詩人として評価されることになる。黄瀛は青島日本中学を卒業した後に高村光太郎が保証人となり文化学院に入学することになり、講師の与謝野晶子、川端康成、菊池寛、横光利一、木下杢太郎などの一流の文化人や同級生たちと交流を深めていく。この当時のことは佐藤さんが文化学院の貴重な資料などに基づき黄瀛の活躍や交友関係を生き生きと再現している。

第二節の「軍人への道――何応欽《かおうきん》と姻戚に」では、妹寧馨《ねいけい》が蒋介石の側近の何応欽《かおうきん》の姉の子・何紹周《かしょうしゅう》と結婚したこともあり、文化学院を中退し陸軍士官学校に入学し軍人になることを決意していく。賢治に会いに行った当時はすでに軍人になっていたが、休暇をとって病床に就いていた詩友である賢治を見舞ったのだ。佐藤さんは〈心平や黄瀛は賢治の才能を逸早く見抜いた、いわば「才能の発見者」だった〉と記している。

2

第二章「日中戦争勃発と日本との訣別」の第一節「詩人たちとの交遊」では、草野心平の詩誌「銅羅」、「学校」など多くの詩誌に詩を発表し、サトウハチロー、木山捷平、井伏鱒二、宮沢賢治などとの交流が詳しく記されていて、いかに黄瀛が詩人・作家たちに愛されていたかを物語っている。そして一九三〇年には文化学院の友人たちの支援でポケットサイズの袖珍本の第一詩集『景星《けいせい》』が出版される。佐藤さんは一九三一年九月一八日の満州事変や翌年の第一次上海事変などの十五年戦争の起点となる日中戦争のことも記し、日中戦争に引き裂かれていく黄瀛の存在を浮き彫りにしていく。そのような情況の中でも安藤一郎や竹中郁らの尽力らしいが、東京のボン書店から第二詩集『瑞枝《みずえ》』が賢治の亡くなった翌年の一九三四年五月刊行される。この詩集は高村光太郎の序文、木下杢太郎の序詩が巻頭を飾り、A五判上製本で箱入りの豪華本だった。

第二章の第二節「魯迅との出会い、別れ」では、黄瀛が日本のモダニズム詩人たちと深い交流を持ち、そのモダニズム詩運動にも詩や翻訳詩で参加しその一翼を担っていたことを佐藤さんは記している。中でも日本のモダニズム運動を主導した北川冬彦、春山行夫らの「詩と詩論」は一九二八年に刊行されたが、そこに詩を四篇、「郭沫若《かくまつじゃく》詩抄」などの詩の翻訳や中国の詩人の評論なども翻訳している。他の日本の詩の雑誌「若草」や「詩神」などにも中国の活躍中の詩人たちを翻訳し紹介している。この中国詩人たちの日本への紹介を佐藤さんは、「中国の詩人の紹介者として、黄瀛が果たした役割も大きかった」と日中戦争の前夜から始まる頃に、文化の灯を灯し続けた尊い行為であると高く評価している。また黄瀛と魯迅との交流はとても興味深い。魯迅は中国人でありながら日本語で詩を書き評価されている黄瀛に敬意を抱いていたことを関係者の証言で明らかにしている。そのことからも分かる通り「中国人作家にも、黄瀛の名は知れわたっていた」のだ。

第二章の第三節「日本との別離」では、一九三六年の西安事変を経て国民と共産党が内戦を止め協力し合い反日戦線を築いていく。一九三七年七月七日には蘆溝橋事件が起きて日中が全面戦争に向かって行く。佐藤さんは「日本語で詩を書いていた黄瀛は、詩作を断念したと推測される」と黄瀛の引き裂かれた胸の痛みを暗示している。

第三章「日本の敗戦と国共内戦」では、日中戦争の最中に黄瀛が死亡したという噂が流れ、詩友の米田栄作は追悼文を書き倉橋彌一は「黄瀛の死」という追悼詩まで書いたことの作品を含めて紹介している。日中戦争が日本の敗戦で終結した後に、黄瀛は親族である何応欽総司令と共に日本人の帰国を支援したらしい。李香蘭の中国名の歌手だった山口淑子が日本人であることを証明して帰国許可を得る手助けもしたそうだ。けれども戦後には国民党と共産党の間で内戦が勃発し、「国民党の敗戦は、黄瀛の人生を暗転させた」と佐藤さんは記している。

第四章「半世紀ぶりの日本」では、戦後に草野心平と再会し、黄瀛は再び日本語で「歴程」、「日本未来派」、「至上律」などに詩や散文を書き始めた。けれども国民党の将校だった黄瀛は共産党の軍に捕われて重労働の刑に処せられる。その後の文化大革命でも再び獄に入れられてしまい苦難の歴史は続いていく。ようやくその転機となったのは「中国が開放政策に舵を切った結果、黄瀛の運命は好転した」一九七七年だった。一九七八年になると日本の友人たちに黄瀛から手紙が届くようになり、やがて重慶の四川外語学院教授に就任し日本の近代文学を教えることになったことも伝えられた。その後は一九八二年に第二詩集『瑞枝』復刻版が日本で刊行された。一九八四年には半世紀ぶりに来日し東京の山の上ホテルで歓迎会が開かれた。そこで井伏鱒二、中川一政、草野心平などや昔の友人たちと再会を果たしたのだ。黄瀛は一九九六年の宮沢賢治生誕百周年にも来日し花巻市で講演し精力的に友人たちに会った。佐藤さんも花巻や東京で四、五回ほど会ったという。最後に来日したのは二〇〇〇年夏で、銚子の高瀬博史と西川敏之たちによって地元に黄瀛の詩碑を建てることが実現し、除幕式に黄瀛を招待したのだった。黄瀛はそれから五年後の二〇〇五年七月三〇日に世を去った。佐藤さんは「まさに、詩を道づれにして二〇世紀から二一世紀を駆け抜けるように生きぬいた人生だった」と日中の架け橋として体現し続けた詩人の生き方を褒め称える言葉でこの評伝を締めくくっている。

3

最後に佐藤さんが巻末に収録した資料編にある黄瀛の代表的な詩で、第二詩集『瑞枝』に収録されている詩「窓を打つ氷雨」を紹介してみたい。一九三四年に刊行された『瑞枝』は高村光太郎の序と木下杢太郎の序詩から始まり、五つに分類されて合計七十三篇が収められている。高村光太郎は序で黄瀛の詩は「まことに無意識哲学の裏書みたいだ」であり、〈「瑞枝」一巻をかけめぐる自在力。わたしの所謂一伝的新〉だと、その詩の言葉の内面の深さや自在力や新鮮さを指摘している。木下杢太郎は序詩の中で「まるで考えられないことだ、こんなにも美しい詩の数数《かずかず》が言語《ことば》を殊にするあなたの指先から咲き出《い》ようとは」と詩語の美しさを強調している。冒頭の「窓を打つ氷雨」十五篇の二番目に同名の詩が収録されている。全行引用してみる。

「窓を打つ氷雨／さびしい冬／冴えた眼でかなしい影絵を見てる／水仙の葉は水つぽくて青い／灯がにじんでる部屋／悲しみたいが、まとまらない／女の帰つた後の寒さ／疲れた心象で何をか意欲する／よせてかへした冷淡が今ほてつてくる／さあさあ、何処までさみしくなる、かなしくなる／ぶるぶるふるへる犬のやうな胴ぶるひ／消えて行つたやうな人を呼ばうかしら／一九三〇年の寒い風の窓／重量を忘れてしよんぼりしてるオレ／カアテンをしぼれば小さな世界／つくねんとした灯にぽつちり暖かい気もちを所有する／今まで考へなかつた事で虚空をつかむ／冴えた眼で悲しい影絵を見乍ら泣きつ面をする／泣ければいゝのに／泣けない泣きつ面をしてる」。この詩のタイトルであり一行目の「窓を打つ氷雨」という言葉は、当時二四歳の黄瀛の内面を象徴するに最も相応しい言葉であったのだろう。同時に日中戦争が始まる直前の「一九三〇年の寒風の窓」に恐れを抱き、二つの祖国を持ち引き裂かれていくような存在の不安を宿した「悲しい影絵」が展開していく。愛する女さえも黄瀛の孤独さを癒すことは出来ずに「犬のやうな胴ぶるひ」を感じてしまうのだ。けれども八行目の「疲れた心象で何をか意欲する」では、きっと以前に見舞った宮沢賢治の詩法「心象スケッチ」を想起して、賢治の詩精神を呼び起こして自らを支えていたのだろう。黄瀛は賢治よりも十歳も年下で、この世代が最も戦争の悲劇を体現していくのであり、黄瀛は同世代の日本や中国の若者たちの存在の危機を潜在的に感受してこの詩を書き上げたに違いない。最後の二行「泣ければいゝのに／泣けない泣きつ面をしてる」こそは、当時の国境を越えた若い世代が置かれていた言葉にできない破滅に向う不安と戦きの心境が象徴的に描かれていたと考えられる。黄瀛の詩が多くの一流の詩人から評価されたのも孤独な魂と時代性を同時に掬い上げていたからなのだろう。今回の佐藤さんの黄瀛の評伝によってより身近に黄瀛の人物像が浮き彫りになり、また二十世紀前半の賢治・光太郎・心平たちや北川冬彦らの詩運動や文化活動の最中に黄瀛もいて相互影響を与え合っていたことが理解できる。今回の新たな評伝を書き上げた佐藤さんに対してきっと多くの詩人たちや光太郎・賢治・心平などの研究者たちは感謝と称賛の声を上げるだろう。なぜならこの労作から本格的な黄瀛研究が始まるからだ。そしてこれからも日中の架け橋であった黄瀛の存在を通して日本と中国の文化交流の本質的な在り方が問いかけられるに違いない。

おわりに

本書は、すでに記した通り、一九九四年に日本地域社会研究所から出版した『黄瀛――その詩と数奇な生涯』の新版です。新しく日中戦争前後に焦点を当てるとともに、私が知る晩年の黄瀛の姿も合わせ加筆修正、資料として詩やエッセイなどを収録したので、全く新しい姿に生まれ変わったといえます。文中の引用、資料は読みやすさを考慮し、旧漢字を常用漢字に変更したことをお断りしておきます。

『黄瀛――その詩と数奇な生涯』は三〇代半ばに書かれた私の最初の本で、とても愛着があるのですが、多くの誤記・誤植があることに出版後に気がつき、いつか新装版を出そうと思っていました。黄瀛生誕一一〇周年の年にその願いが実現し、感慨深いものがあります。

この二二年の間に、黄瀛本人を含め、取材させていただいた人々が軒並み亡くなり、少し寂しい気持ちにもなっています。とはいえ、月日が経過しても黄瀛に対する評価は今でもほとんどなされていず、知る人がまだ少ないのが現状です。本書がその一助になると願っています。

なぜ、黄瀛が日本語で詩を書きつづけたのか。やはり、母の言葉＝日本語への愛着が強かったのだと思います。あるいは、中国語でも詩を書いたのかもしれませんが、表には出て来ていません。きっと、日本語で自我を形成した黄瀛にとって、中国語より日本語の方が表現手段として適していたということなのでしょう。辻政信は「中国語の下手な中国人」と黄瀛を評していますが、生活のためにやむなく軍人となり中国で生を終えた黄瀛は生涯、中国語への違和感を抱きつづけていたのかもしれません。

そういうことなら、日本語で詩を書いた「日本の詩人」としてもっと黄瀛が評価されてもよいはずだ。本書を書き終えて、あらためてそう思いました。今後、黄瀛が詩人として高く評価され、詩集がしかるべき出版社から出されることを強く願います。

本書の第一章から第三章までは、日本大学大学院教授高綱博文先生のご指導を受けました。また、銚子在住の高瀬博史さんからは写真の提供他で、便宜を図っていただきました。高瀬さんは黄瀛の孫である劉嘉さんともつきあいがあるそうです。二〇〇〇年に詩碑が建立された際に、重慶テレビに勤務していた劉嘉さんは黄瀛と共に来日、私とも会ったのですが、彼女は今、日本人と結婚し、日本に住んでいます。コスモポリタンであった黄瀛の遺伝子は孫娘にしっかり受け継がれているようです。彼らや、本書の出版に快く応じ、アドバイスの他解説まで書いて下さったコールサック社の鈴木比佐雄さんにも感謝の意を捧げます。どうもありがとうございました。

二〇一六年四月吉日

佐藤竜一

著者略歴

佐藤竜一（さとう・りゅういち）

一九五八年岩手県陸前高田市生まれ。

一関第一高校、法政大学法学部卒業を経て日本大学大学院博士課程前期（総合社会情報研究科）修了（国際情報専攻）。

宮沢賢治学会イーハトーブセンター理事。岩手大学で「日本の文学」を教える。

著書

『黄瀛——その詩と数奇な生涯』（一九九四年、日本地域社会研究所）
『宮沢賢治の東京——東北から何を見たか』（一九九五年、日本地域社会研究所）
『日中友好のいしずえ——草野心平・陶晶孫と日中戦争下の文化交流』（一九九九年、日本地域社会研究所）
『世界の作家　宮沢賢治——エスペラントとイーハトーブ』（二〇〇四年、彩流社）
『盛岡藩』（二〇〇六年、現代書館）
『宮澤賢治　あるサラリーマンの生と死』（二〇〇八年、集英社）
『変わる中国、変わらぬ中国——紀行・三国志異聞』（二〇一〇年、彩流社）

監修

『それぞれの戊辰戦争』（二〇一一年、現代書館）

『石川啄木と宮沢賢治の人間学』（二〇一五年、日本地域社会研究所）

『海が消えた　陸前高田と東日本大震災』（二〇一五年、ハーベスト社）

共訳

『コミック版世界の伝記　宮沢賢治』（二〇一二年、ポプラ社）

『三国志　中国伝説のなかの英傑』（一九九九年、岩崎美術社）

共著・分担執筆

『帆船のロマン――佐藤勝一の遺稿と追想』（二〇〇二年、日本エスペラント学会）

『灼熱の迷宮から。』（二〇〇五年、熊谷印刷出版部）

『ずっぱり岩手』（二〇〇七年、熊谷印刷出版部）

『宮澤賢治イーハトヴ学事典』（二〇一〇年、弘文堂）

『柳田国男・新渡戸稲造・宮沢賢治――エスペラントをめぐって』（二〇一〇年、日本エスペラント学会）

『戊辰戦争を歩く』（二〇一〇年、光人社）

『新選組を歩く』（二〇一一年、光人社）

『新島八重を歩く』（二〇一二年、潮書房光人社）

『トラウマと喪を語る文学』（二〇一四年、朝日出版社）

『「朝敵」と呼ばれようとも』（二〇一四年、現代書館）等

石炭袋

宮沢賢治の詩友・黄瀛《こうえい》の生涯
——日本と中国　二つの祖国を生きて

2016年5月26日初版発行
著者　佐藤　竜一
発行者　鈴木比佐雄
発行所　株式会社 コールサック社

〒173-0004
東京都板橋区板橋2-63-4-209号室
電話 03-5944-3258　FAX 03-5944-3238
suzuki@coal-sack.com　http://www.coal-sack.com

郵便振替 00180-4-741802
印刷管理　株式会社 コールサック社　製作部

◆装丁＝奥川はるみ

ISBN978-4-86435-251-2　C1095　￥1500E